CAO TANG

有温度有质感的大唐风骨
有颜面有尊严的当代诗歌

顾　　问　吉狄马加

主　　任　梁　平　宋　凯
副 主 任　张新泉　李　怡
编　　委　尚仲敏　姜　明　陈海泉　赵晓梦
　　　　　凸　凹　彭　毅　李明政　千　野

主　　编　梁　平
执行主编　熊　焱

副 主 编　李海洲（特邀）
编辑部主任　桑　眉
美术总监　宋　旱
责任编辑　程　川　蔡　曦
发稿编辑　李龙炳　余幼幼　张晚禾　吴小虫
责任校对　蓝　海　安　素

出版发行　四川文艺出版社（成都市槐树街2号）
网　　址　www.scwys.com
电　　话　028-86259287（发行部）028-86259303（编辑部）
传　　真　028-86259306
邮购地址　成都市槐树街2号四川文艺出版社邮购部　610031
印　　刷　成都市新都华兴印务有限公司
成品尺寸　185mm×260mm　开　本　16开
印　　张　6.5　字　数　160千
版　　次　2021年09月第一版　印　次　2021年09月第一次印刷
书　　号　ISBN 978-7-5411-6104-9
定　　价　15.00元

投稿 / 联系邮箱：ctsk2016@126.com
电话：028-61352760/86640163
地址：成都市锦江区书院西街1号亚太大厦7楼草堂诗刊社

图书在版编目（CIP）数据

草堂. 第61卷 / 梁平主编. -- 成都：四川文艺出版社, 2021.9
　ISBN 978-7-5411-6104-9

Ⅰ. ①草… Ⅱ. ①梁… Ⅲ. ①诗集 – 中国 – 当代 Ⅳ. ①I227

中国版本图书馆CIP数据核字(2021)第199096号

Contents
目录
2021-09（总第61卷）

[封面诗人]_ 4
梁晓明_像大雪，把自己完成（组诗）
梁晓明_九句话
覃　才_有原型认同的写作
　　　　——谈梁晓明组诗《像大雪，把自己完成》

[实力榜]_ 19
张子选_四行诗：小悲咒（节选）
戴潍娜_风华（组诗）
吴乙一_银水塘补记（组诗）

[非常现实]_ 32
吕　历_再小的身体都是一座寺庙（组诗）
唐以洪_人间太深，天上的银勺太小（组诗）
纯　子_该如何形容夜幕下的大西路（三首）
肖　寒_顺其自然（组诗）

[最青春]_42
马泽平_木与火（组诗）
周园园_虚拟之歌（组诗）
刚 子_从另一件事物开始（组诗）
田凌云_在分界线上（组诗）
安乔子_时间长河（组诗）
李啸洋_断断续续的梦唤醒故乡（组诗）

[中坚]_56
叶延滨_读懂自己就好（组诗）
唐 力_白菜之心（组诗）
郑小琼_俗世与孤灯（组诗）
李 铣_生活的平衡大致如此（组诗）

[独白与对话]_68
·现实主义精神的传承与创新·
夏 汉_诗人，大地之上的漫游者
　　　——论诗的现实及其辩证关系

[大雅堂]_75
刘洁岷_青少女、富婆与冬至母亲（组诗）
朱 零_灵魂的容器（组诗）
龚 璇_黄昏更适合爱的表白（组诗）
章锦水_生活在高处（组诗）

风 荷_深藏其中（组诗）
田 湘_月亮之上（三首）
张世勤_小两口（外一首）
宋耀珍_和解
陈 朴_距离
马知遥_云朵在游戏（组诗）
孙梓文_偏锋（组诗）
乔 欣_敖鲁古雅人
曹小航_牡丹之夏（外一首）
吴颖丽_蒙古高原的天空（外一首）
虚 杜_相片替我醒着（外一首）
柏 坚_世界的四月
赵剑锋_每一片月光都可名满天下（组诗）
赵马斌_大地之上（外一首）
赵泽波_水刀（三首）

[新译界]_96
【日】谷川俊太郎（田原/译）_夜晚的巴赫（组诗）

[子美逸风]_101
李志斌　王彤伟　黄志平

封三　摄影/《芙蓉出水》宋凯
　　　诗/《雨过的荷》梁 平

封面诗人
Featured poet

Cao Tang

像大雪,把自己完成(组诗)

◎梁晓明

[卧龙岗]

——终于来到卧龙岗,史书、读本、戏曲、游戏,各种版本的诸葛亮早已成为我一生中隐秘的一道水源。我走在这既是传说又不是传说的真实地界,溯古接今,天灵盖打开,似乎一下子彻底忘了此身尚在现代的南阳……

一

南阳躬耕于我,正如落瓜躬耕于田亩
一根线躬耕于江南的蚕丝,一道光
躬耕于凌晨中原的朝阳

臣本布衣。无畏于北方铁蹄的飞扬
更无畏于智谋天下的深沉,以及
生死,如风过竹林,如竹叶
淅沥沥落下,又在明年
焕然生长

但你来了,三顾茅庐,使我起身

使我一生挂上了风铃，激荡
或者平息，都在鲜血中
左右摇晃。

臣本布衣。衣袂飞灰于五丈原上，白驹过隙
你我都已经落入史简，你看那小儿
他也在南阳，奔跑或嬉戏
太阳依然照到他身上……

二

我在大地讲话，大地在对谁传达？
就像我此刻手上紧握的这一道曙光，
我牧羊一样让光奔走，
让我能看见的世界在光芒的轻抚下睁开双眼
让最受鄙弃的扫帚也能得到翠竹的向往

我这样说话，我住在哪里？
我是在空中丢失了双脚，还是在时间中
挺起了脊梁？

心中有天地，才可以安排山河
心中有人类，才可以谈起家乡
是的，此刻，我的手中捏着一道光
我在对大地讲话，大地在对谁传达？

三

我应该看着群山像奔马逃出我的闲居，让群山放飞，
让它们远走，让马蹄踏向更远的城墙、关隘、
和风暴

是的，风暴中飞来的羽鸟，它凌弱的消息
像一道早该生根的细密流水，它潺湲
激越，甚至跳荡

它在家国的身体上清澈流淌，这是
希望，是苍天巨大的仁怀向下
在一株刚刚发育的麦苗尖
展开它翠绿充实的眼睫
是比诸侯更为丰盛
复杂的遍地草民
在一个晚餐中
尝到了江南
黑色鲫鱼
以及
机遇
以及翻手之下
餐具之中
魏国的
米糖

苍天在整个世界的日夜轮换中
细密地撒下它变幻的谷种
有的生长，有的去往
别的家乡
只有一首诗
无须太长
你听到
并懂得了它的血液如河流
如四季缄默的树中的
水汽、滋润
那时候你可以停下来说：
这样，就可以了。

四

我在对谁说话？飞鸟在唤谁回家？
来到手边的酒浆是谁的生命？

我好像是一根秋后的芦苇
头顶开满了轻柔的白花

我在南阳，我和空白相亲相爱
我的泪水忘记了纪念

有一种悲哀我已经离开
臣本布衣，落叶归根

所有的舌头都遗忘在家乡

五

像一串惊雷可以炸响最为坚固的流民与土地，大道四通八达
谁的手指在暗中计算自己微笑的秋硕累累？

手向北方指，眼睛向飞鸟频频致意
分裂早已不是道路的丰富和独有的主权

天蓝地阔，更远的光芒向城墙招手
更远的方向，使我们的呼吸从箭弩上出发

一盏灯可以收拾掉整个黑夜
一匹马使你我在隆中把手掌张开

从最近出发，从眼睛到达最远的心灵
也可以对你说，我小声轻诉：

我要把曹魏逐次驱回到半岁的摇篮……

六

是谁的断垣残壁组成你独自高眺的家园？你撩衣夜读
从一册书读出了遍地的春天？

他自远方来，西南的消息早已被帷帘一次次拉开
你像一株水芹在水中飘摇

但你招展，风筝从此是你的眼睛

云朵变幻的各种姿态,从此是你落入人间的
多道指使和微凉的悲泣

雨没有落下来,你还是卧龙岗你家中的主角

你读书,手指点开了世界的帷幄,
竹帘晃荡,也像你刚刚产生的几声叹息,

与一点水晶伴奏着沧海你熟悉的微澜……

七

臣本布衣,南阳躬耕于我,正如落瓜
躬耕于田亩,一根线
躬耕于江南的蚕丝,一道光
躬耕于凌晨中原的朝阳

我在大地讲话,大地在对谁传达?
你看我衣袂飞灰于五丈原上,白驹过隙
你我都已经落入史简,心中有天地,
才可以安排山河
但是,
你看那小儿,青翠如小葱
他也在南阳,他奔跑或嬉戏
太阳依然照到他身上……

有一种悲哀我已经离开
臣本布衣,落叶归根

我在南阳,我和空白相亲相爱

[寒 蝉]

是落了羽毛最后的啼鸣
对自己说话,

自己不答应

握紧枝杈高看世界,看秋风
一件件剥尽大地的春衣

唱,给谁听?
千年千番更替
有谁
能停?

[对长亭晚]

长亭进入夜晚
进入羌笛、进入晚风
进入杨柳豆蔻的梦境

有人被梦境带走
门上留纸条,说该走就走
留在亭中生命不如一碗粮食

粮食能吃,更多人
坐在梦的门口
吃饱了就伸手去
撩拨一下梦的裙裾

做梦,或不做梦
就像长亭
早上阳光灿烂,夜晚
月色清冷……

[骤 雨]

骤雨初憩
如一匹独驴远去。

如李贺走了一天沸腾的大唐
没一则走心的小道消息

骤雨是
突然一道文告
你的惊堂木掉落案下
被更高的巡衙签收带去
骤雨如我
年过半百
坐在驶过人间的车窗前
思想人的一生，怎样
才能不像一张废纸

[残 月]

残月喜悦地看着人间，有更多的人知道
残月之后，圆满就像窗帘背后的
那一捧鲜花，怒放
或干脆一花不放

[晓 风]

最初的晓风是家门口擦肩而过的两条辫子，是一件红上衣
向路灯口走去，她等她的爹
然后她得知她的爹
忽然杳无音讯
她伤心、惊讶
一串眼泪洒过门前，洒到了我的家清白的石阶上
有不解风情的青苔也承受了她歪斜的踩踏
就像秋雨，从来不管人间，只顾着落下
哪里低，就往哪里流，多么像人间
像她，最后就成了街上最著名的
一道眼光，谁都不敢直视她
晓风故去，变成一道传说

只是除去了悲伤，留下
凄哀的一道风景
一弯残月
挂着
永远不再说话……

[再跋：西湖边遥寄柳永]

杨柳依依，你去京城无枝可依
你伤感桥下流水冷如路人，水上石桥
对你轻抚的手掌紧闭坚硬的眼睛，你不是首领
虽然你在这棵树边种下了爱情

古人折柳，我不留你
杨柳再多情，一遇秋风，就干脆把衣衫脱尽
把整个西湖当作酒杯，把天与云与山与水
当作难得遇到的陪酒的兄弟：
一喝：为大地永存，没有我们，它继续永存
二喝：为此刻，没有我们，此刻就如丢失父母的一双儿女
三喝：为以后，为我们曾经在诗歌里同行
然后走散了，然后杳无音讯
最后一喝，我们从来不曾相识
我拍拍你的肩膀，就当我们此刻如黑发的年轻人
握手，不奢望，彼此珍惜彼此的眼睛

[消声隐迹]

我不求爱
下雪的时候，我伸手接、端碗接、用眼睛接
然后，
看它们消散

不求爱
所以雪下得晶莹、下得飘零，
下得妖娆，下得独自

而且
任性
在车门、屋顶、街道、码头与大海上
它无所顾忌
趋死
如亲

爱,但不求。
活着,细过余生。
像大雪,把自己完成。

[贴着小雨回家]

贴着小雨回家
内心一碗久违的凉皮
过时的凉皮,
过西安、兰州,
再过敦煌
再过
即是大雪落哈密
哈密更远,一股小风
小旋转,在沙漠上
在你我眼中

贴着
小雨回家,尾指弹飞一粒尘埃
或如塑料袋
被使用,被废弃
十几只挣扎,涌身而起
借了风,向苍天
再睁开向上的眼睛

我们看见,
低眉,贴着
小雨回家

九句话

◎梁晓明

1

我曾经喜欢美国诗人罗伯特·布莱的一句话,他说他最终理解到诗是一种舞蹈,一种从悲痛中飞出来的舞蹈。他这样讲,一定是基于创作的快感与审美的考虑。我现在觉得这还远远不够,因为这个理想逃离痛苦、害怕、矛盾和启示,我现在很难想象真正优秀、伟大的诗歌会缺乏这些因素。布莱的理想美好、纯粹并且迷人,但随着年龄增长,我觉得他单薄和片面了。

2

我希望找到的每一句诗、每一个字都是从艰难生活中提炼出来的一串血、一滴泪、一段梦想,叹息和惊醒,它必然充满沉思,向往,深入人心和现实存在的反映。它是生命内在的视野,是一种经历、体验,观看的沧桑与总结,在总结中发展,开阔新的存在与启示。

3

我现在反对辞藻华丽的诗,那是制作。还有浪漫的舒唱,那是人生的泡沫。最后是才华横溢,这个词误导和害死了多少本可以成才的青年诗人。

4

情感,这是一柄两面开刃的利刃,幼稚与不成熟的诗人很容易受伤害。为什么我国的许多诗人和许多诗,都把情感当成了生命的归宿?诗歌的唯一家乡和泉源?这恰恰是一种障碍/一块挡路的巨石,在此,多少人将诗歌转向了发泄（正面的和反面的），又有多少人青春的才华一尽，便再也写不出像样的作品？这也是我国的诗人为什么诗龄短，给人造成只有青年时代才是诗的年龄的错误传统认识。

5

诗当然需要天才，而且几乎可以说诗歌是所有的艺术中最需要天才的一种。但若整天躺在天才的自得中最终是写不出伟大的作品的。我们需要做的是把这种天才变成水源/养分，来灌溉和培养诗歌这类娇嫩的树；我们必须天天这样小心，谦卑，刻苦地从事这份工作，只有这样，我们的诗歌之树才有可能结出无愧于我们天分的果实。这也是一个现代诗人必须经历的艰难过程，并且，这也是他生命的寄托与荣耀。

6

只要是民族的，便是世界的，而且，越是民族的便越是世界的——前两年流行的这句话带有极大的欺蒙性。试想，印第安人/因纽特人，他们都是纯粹的"民族的"，但他们显然不是"世界的"和"时代的"，他们充其量是世界的一道风景，是这个世界的聊备一格。真正世界的是人，任何民族/任何国家，是这样一种人，正如马克思所说的："一滴眼泪在这个世界上任何一个角落掉下，整个世界和大地都会为它轰然鸣响。"一种同为人类共同命运的敏感和共鸣，是这样一种具有生命内涵的人。

7

诗歌的完成必须向着自己的内心深处。它像是一种引领，一列火车，它带着你观赏，它目的性不明确，它只是告诉，它只是倾诉与说话，你听到了这种倾诉，你为这种说话所吸引，你走入了说话的内容之中，不知不觉，你会发现，其实你已经加入了说话的行列，并且可能已经在开始向它说话，通过它又向着自己的生命讲话。就这样，一首诗，才真正完成了。

8

历史在人的面前如果表现出相同的面貌那就不是真正的历史。经过我们的努力，如果诗歌的历史也表现出相同的传统那就是我们的失败！我这里提出的是个性和风格，只有重视这一点，我们的历史才会丰富，我们的文学才会繁荣。

9

一个现代诗人的宗教应该是他自己和他的诗歌。他小心虔敬地侍奉自己，是把自己视作一块土地。他更加虔敬地侍奉诗歌，是期望诗歌能长留在他的这块土地上。他自己遭遇的一切：政治/经济/宗教/情欲/际遇/梦想/挫折和悲痛都化作了他自己这块土地的养分，他努力侍奉并始终期望着。这便是一个现代诗人应有的宗教。

有原型认同的写作

——谈梁晓明组诗《像大雪，把自己完成》

◎覃 才

原型是诺思洛普·弗莱提出的概观诗歌（文学）创作中传统与现代关联的重要理论（当代诗人与之前的诗人、当代诗歌与之前的诗歌的关联）。如他在《批评之路》一书中指出的："每个诗人都拥有他自己的意象结构，而这种结构的每一个细节都同其他诗人有相似之处。"在弗莱看来，横亘在不同时代诗人之间的具有同一性的意象、意象群、意象结构及其建构的主题、人物等就是原型。作为一种重要的概观、阐释及理解诗歌创作的理论，原型对于诗歌书写的意义至少有两点：一是，它指出了深藏在古代诗歌和现代诗歌意象背后那种同一、恒定及有超越时空价值的情感与意义；二是，在一种传统与现代的原型关联之中，呈现了我们当下每个人的诗歌书写与之前时代诗人的谱系性关联。很显然，每个时代都有每个时代的诗歌写作。这点我们可以通过每个时代的诗人所用的词语就可以看到。然而，当我们深究这些词语所指向的情感与意义之时，我们总是能够在历史当中找到诸多的同一。这种当代与过去的同一无疑就是原型。

霍俊明认为"从写作能力、风格学和个人创设性而言，梁晓明显然是一个强力诗人、生产性诗人和总体诗人"。他的这种写作特征的形成展现着20世纪80年代以来西方诗歌、中国古代诗歌这些前辈的焦虑性影响。作为一个现代诗人，梁晓明的组诗《像大雪，把自己完成》所体现的就是中国古代诗歌在他身上产生的原型认同影响（包括自发与被动的形式）。换言之，从霍俊明所说的"焦虑影响"角度来看，梁晓明的这一组诗就具有非常明显的对中国古代诗歌原型认同写作特征。我们知道，原型作为传统与现代的关联，它将现代（当代）指向有同一性的"过去"。在具体的诗歌写作过程中，这种既是过去又是现实的传统与现代之间的原型，无疑既是一种过去与历史性的喻指，又是诗人本身真实的情感与意义展现。纵观梁晓明的这一组诗，他对这种过去的原型认同主要表现为三种类型，即凄冷意象的孤寂情感认同书写、凄冷主题加人物的认同书写及对历史人物原型的认同书写。

首先，凄冷意象的孤寂情感书写。在梁晓明的组诗《像大雪，把自己完成》当中，凄冷意象的孤寂情感认同既鲜明又直观。他直接命名为《寒蝉》《对长亭晚》《骤雨》《晓风》《残月》的诗歌标题就是直接以具有古典诗歌凄冷特征的意象，呈现了他个人即时的孤寂情感与古代诗歌（或古代诗人）的同一性想象与认同。通过这些体现为凄冷意象的标题，我们显然是看到了梁晓明诗歌写作具有的与过去诗歌（过去诗人）相同的孤寂情感原型。然而作为一个21世纪诗人，梁晓明的这种过去的孤寂情感认同的生成背景，不是一味生硬地套用古代诗歌的意象，而是将这些古代诗歌的凄冷意象与他个人现实、即时的生活感知与理解相连接，进而让他的诗歌表现出他个人现实情感状态与古代诗歌情感传统的双重重合特征。如在《骤雨》一诗中，梁晓明写道："骤雨如我。/年过半百/坐在驶过人间的车窗前/思想人的一生，怎样/才能不像一张废纸。"在这一首诗中，我们明显知道梁晓明是坐在移动（速度可能很快）的车上的。也正是这种车子移动的速度之感让他有了自己已是"年过半百"的时间悄然流逝之感。这种移动、流逝之感，进而让他产生了对个人生命意义的思考。作为诗歌标题与情意喻指的"骤雨"（暴雨），它在古代诗歌当中的特点是来得快、下得大，去得也快。但在快、大之后，似乎是没有留下什么。在此，我们看到车子、人生及骤雨存在着一种同一性的快速原型，而这三种同一的"快速"共同表达了梁晓明人生的思考，也呈现了他将现实情感与古代诗歌情感同一的形式。

《晓风》是另一首以梁晓明现实经验生成的凄冷意象情感书写。"最初的晓风是家门口擦肩而过的两条辫子，是一件红上衣/向路灯口走去，她等她的爹，/然后她得知她的爹/忽然杳无音讯/……/晓风故去，变成一道传说/只是除去了悲伤，留下/凄哀的一道风景/一弯残月/挂着/永远不再说话……"（《晓风》）从"两条辫子""她"这两个意象中，我们可以得知"晓风"首先指向的是诗人小时候的邻家女孩。诗人现在还记得她，说明他是熟悉这个女孩的。因而她因她爹杳无音讯而伤心及最终消失在现实生活当中的这个事件，就构成了诗人对这个小时候非常有感觉的"她"的记忆。在诗人年过半百之后,对"她"的记忆就构成了诗人儿时经历的一阵"晓风"。作为对"她"的一种喻指,这个已经是过去、已经是从生命中消失的"晓风",再次回忆、想起之时是与古代诗歌凄哀、清冷及孤寂的同一。

很明显,梁晓明表现为凄冷意象的孤寂情感诗歌书写,是充溢着他个人的现实状态依据与体验的。他这种有个人的现时、即时状态回望过去、连接过去的情感认同理路是非常明显的。然而,作为一个擅用古代凄冷意象表现自己孤寂情感的诗人,梁晓明很多诗也展现出不太需要现时体验、经历牵引而出的关于人生意义、关于时代的书写。"是落了羽毛最后的啼鸣/对自己说话,/自己不答应//握紧枝杈高看世界,看秋风/一件件剥尽大地的春衣//唱,给谁听?/千年千番更替/有谁/能停?"(《寒蝉》)"长亭进入夜晚/进入羌笛、进入晚风/进入杨柳豆蔻的梦境//有人被梦境带走/门上留纸条,说该走就走/留在亭中生命不如一碗粮食/粮食能吃,更多人/坐在梦的门口/吃饱了就伸手去/撩拨一下梦的裙裾//做梦,或不做梦/就像长亭/早上阳光灿烂,夜晚/月色清冷……"(《对长亭晚》)这两首诗中,我们可以看到,梁晓明所用的"寒蝉""长亭晚"这两个凄冷的古代意象,虽然它们亲历、见证了历史的"千年千番更替"和人一代代的繁衍、活着,但在变的历史与会去世的人之间它们是永远不变的。在这种历史与人类的变和"寒蝉"与"长亭晚"的不变之间,这类凄冷意象展现的就是梁晓明对人生、对时代的思考与想象。

其次,凄冷主题加人物的认同书写。从凄冷意象的原型书写当中,我们知道了梁晓明擅于在现时、即时的孤寂当中表达他对人生、历史、过往的同一性理解与体验。作为一个诗人,梁晓明这种凄冷倾向明显的意象结构运用与驾驭,说明他个人的诗歌写作是形成了相对稳定的风格特征的。从原型的角度来看,无论是具有如何程度的个人化"风格",只要一深究我们总是能够在历史当中找到同一的原型对应。从梁晓明命名为《寒蝉》《对长亭晚》《骤雨》《晓风》《残月》的诗歌标题当中,我们很直接地能够看出与他这种个人化风格书写对应的是北宋诗人柳永。因为他的这些诗歌标题是直接对应或出自柳永《雨霖铃·寒蝉凄切》当中的"寒蝉凄切,对长亭晚,骤雨初歇"和"今宵酒醒何处?杨柳岸,晓风残月"。

显然,从诗歌书写的风格来看,梁晓明是非常认同柳永的。他的这种认同表现为对柳永诗歌主题加个人的认同书写与对话。在组诗《像大雪,把自己完成》当中,《再跋:西湖边遥寄柳永》就展现了梁晓明对柳永个人与诗歌风格的青睐。"古人折柳,我不留你/杨柳再多情,一遇秋风,就干脆把衣衫脱尽/把整个西湖当作酒杯,把天与云与山与水/当作难得遇到的陪酒的兄弟:/一喝:为大地永存,没有我们,它继续永存/二喝:为此刻,没有我们,此刻就如丢失父母的一双儿女/三喝:为以后,为我们曾经在诗歌里同行／然后走散了，然后杳无音讯／最后一喝，我们从来不曾相识／我拍拍你的肩膀，就当我们此刻如黑发的年轻人／握手，不奢望，彼此珍惜彼此的眼睛。"在这一首诗中，"西湖"是柳永那个朝代的西湖，也是梁晓明这个此刻所在的西湖。这个超越时空的西湖，加上"酒"的作用，此刻就成为诗人与柳永的相见与对话。"再"和"三喝酒"既表明梁晓明在西湖边对柳永的超时空遥想、对话已不是第一次，也传达了梁晓明对柳永认同的深刻程度。然而无论怎么想象，柳永无疑是生活在以前的时代，"折柳"别离即呈现了梁晓明与柳永不在同一个时代的现实情况。梁晓明这种认同、想象，与不能同时代的矛盾，表达了他个人与柳永身上都存在的那种同样是超时代的、稳定的孤寂之情。

最后，对历史人物原型的认同书写。通过原型的阐释与分析，我们看到了梁晓明的诗歌在意象、主题及人物方面具有的原型认同与指向特征。这种既是对某种诗歌意象、情感、主题以及某个诗人的原型认同，呈现了梁晓明诗歌写作的审美维度与风格特征。其实，作为一个诗歌写作者，我们所持存的认同情感与认同对象，是我们诗歌风格显示的同时，还是我们真实生活状态的一种暗示。梁晓明这个《像大雪，把自己完成》组诗当中的凄冷意象结构、主题及人物的原型特征，无疑映射了他个体的审美趣味与精神状态。就这一组诗而言，最接近他个人生活真实状态的即是书写诸葛亮的《卧龙岗》。他在这首诗的副标题中解释道："终于来到卧龙岗，史书、读本、戏曲、游戏，各种版本的诸葛亮早已成为我一生中隐秘的一道水源。我走在这既是传说又不是传说的真实地界，溯古接今，天灵盖打开，似乎一下子彻底忘了此身尚在现代的南阳……"在梁晓明心中，诸葛亮在很大程度上就是他的映射，他也就是诸葛亮。因而，诸葛亮的躬耕隐居地南阳就有非常特殊的意义："南阳躬耕于我，正如落瓜躬耕于田亩／一根线躬耕于江南的蚕丝，一道光／躬耕于凌晨中原的朝阳。"（《卧龙岗·一》）在真实的南阳中，虽然现在是无法见到诸葛亮了，但凝望这片土地，梁晓明依然能够感受到诸葛亮胸怀天下的气度："心中有天地，才可以安排山河／心中有人类，才可以谈起家乡／是的，此刻，我的手中捏着一道光／我在对大地讲话，大地在对谁传达？"（《卧龙岗·二》）作为一个现代社会的人，无论我们以怎样真实行动去追寻、亲历我们认同的人或事物，活着的人与这些过去的人和事物总是相隔一方。梁晓明在南阳卧龙岗也感受到他与诸葛亮的这种时间之隔及其衍生的这种生命遗憾与空白："有一种悲哀我已经离开／臣本布衣，落叶归根／／我在南阳，我和空白相亲相爱"（《卧龙岗·七》）通过这一首书写诸葛亮的诗歌，我们既看到了梁晓明对诸葛亮的认同，也明白了他关于人生、关于时代意义的思考与理解。

总体而言，梁晓明的这组《像大雪，把自己完成》诗歌的书写具有很明显的原型认同特征，并且作为他个人化的写作风格显现与折射，他的这种原型书写整体上表现出诗性与哲理相结合的性质。从他"残月喜悦地看着人间，有更多的人知道 / 残月之后，圆满就像窗帘背后的 / 那一捧鲜花，怒放 / 或干脆一花不放"（《残月》）和"贴着 / 小雨回家，尾指弹飞一粒尘埃 / 或如塑料袋 / 被使用，被废弃 / 十几只挣扎，涌身而起 / 借了风，向苍天 / 再睁开向上的眼睛"（《贴着小雨回家》）的诗句当中，我们既能感受到梁晓明是在诗性地写物，又能感知他那种超越物的经验层面的关于人、时代的哲理。其实，通过对梁晓明《像大雪，把自己完成》组诗的三个层面的原型认同分析，我们除了能够获悉梁晓明个人的诗歌写作与审美风格、特征之外，他个人的内心状态与精神世界也显露出来了。换句话来说，从梁晓明对凄冷意象、柳永及诸葛亮的认同当中，我们明白了现实的梁晓明对柳永式的诗歌与诸葛亮式的人生的认同、向往的"根源"是：他作为一个现代人，他也有古人的这种情感、追求，但这种有与达成之间横亘着古人与现代人、传统与现代的不可能之"爱"。对这种不可能的原型之爱、人生孤寂惆怅之憾，梁晓明只求让其自己完成："不求爱 / 所以雪下得晶莹、下得飘零 / 下得妖娆，下得独自 / 而且 / 任性 / 在车门，屋顶，街道，码头与大海上 / 它无所顾忌 / 趋死 / 如亲 // 爱，但不求。/ 活着，细过余生。/ 像大雪，把自己完成。"（《消声隐迹》）显然，这种自己完成的东西，就是梁晓明的诗歌书写，也是他的认同以及他所找寻的生命情感与人生意义。

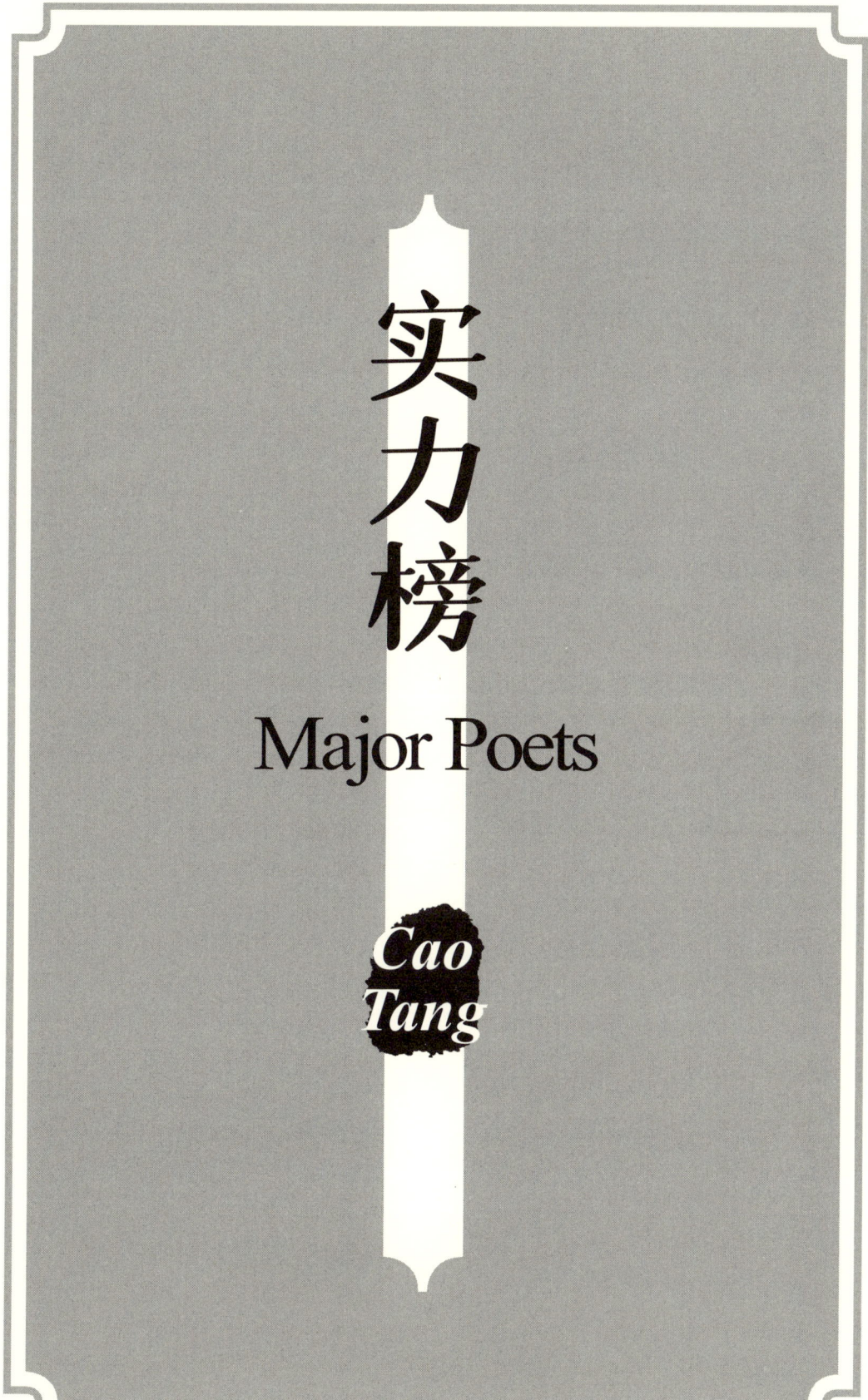

张子选
ZHANG ZI XUAN

【作者简介】张子选,诗人、编剧。著有《藏地诗篇》《执命向西》等多部诗文集。现居北京,系《中国汉字听写大会》《中国成语大会》《见字如面》等文化综艺主创编剧或总编剧。

四行诗:小悲咒（节选）

◎张子选

我与这个世界,向来不熟
甘南门前,停着两场雪

你跟所谓自己,鲜少晤面
藏北家中,坐着无尽山

*

绿度母。裸麦坐胎
黄财神。浅水盈耳

天下大到一只旱獭如何招架
道路吃了很多的苦方才抵达

*

民间三月,嗓子唱破
世上你我,忧喜半遮

太阳一旦下山，优势
就会回到惜月眠迟的雪豹一边

*

夏河浴马，临水照命
水睁开水的眼睛，发现你身上实则另有一命

夜宿古格，移灯见月
月照出壁画上斑驳的是我，缺失的也是我

*

一点雨下在深心，未曾洇开
两块银忘于前世，如何运来

把事情摊开来晒晒
拿羊皮给爱情盖盖

*

拉萨河水流过我二十一世纪的两只手
像是洗着噶厦政府时期的两样旧兵器

尘封的玻璃晴过，钴蓝色的两次
相爱者渐渐褪去人形，仅余犬齿

*

披一身轻寒，去天地尽头站站
叹一声无端，朝灵魂深处看看

你来人间，时有情书错投之感
我在世上，常生地址不详之憾

*

慈悲让释迦牟尼成了佛祖
狮子从未疑虑过自己缘何不是兔子

马攒蹄停下，天空像要猛扑下来
请告诉扎西，要尽量待在善因里

*

五样生灵，晒佛日何辨皂白
四位本尊，燃灯节不请自来

一棵草被折断，难免让我短暂一疼
一段静被打扰，也会令你兀自一惊

*

岗巴拉，瘦骑手寒瘦地立马
香日德，胖喇嘛胖大地弘法

天已让鹰很蓝地盘旋和举高
山正被羊很白地看见并翻越

*

一次看山一次远。修理时间
一回相见一回难。当下无言

我是日夜兼程，投奔此生
你是遍访天下，查无此人

*

僧在游方，山水行藏
马回老家，生根开花

世事纷繁，可以少语
心情寡淡，不必多盐

*

活着没你嫌多，于久违的山坡上默坐
藏狐成群奔突，正往岁月深处集结

适逢天下落木萧萧，神的六指中
那多余的一个，正指向我

*

那个用夏日黄昏做成的人
有着颗印度琉璃般易碎的心

一卷经书压皱了夤夜的一角青灯
两钵绿植拔高了庭院的三寸深静

*

闭关辟谷，顺手关掉自己
一个今生何足挂虑，皮相而已

转山转水，磕头长见识
两个前世彼此梦见，从未偶遇

*

湟鱼十二尾，引鳍入水
三个莽撞人，一寒至北

风满天下跑着，碰到你
仍像碰到我的一个痛处

*

平生囤积的旧事，扔过几次，还狼藉一地
隔世对酌的那厮，酒未沾唇，已醉个半死

屡次想起的人，悲喜自渡
何妨借雪一听，举世皓白

*

藏历年的一年，巫医托梦，知道我一直都在
红景天的一天，神汉作法，发现你始终没来

往生共谁生？此去经年
当归胡不归？请免远念

*

一堆新家具，酒喝得浩荡
两个老东西，泪流得蹉跎

镜子客居贡嘎，得见飞机起落，众生上下
牦牛被献哈达，感言做人实苦，难为大家

*

冬渐去。水在水下更衣，为殉美之鱼
春复来。花于花中写信，给朝觐之马

枯荣相继，万物替你应劫入世
时方过午，我当天地完好如初

[创作谈]

自小在毗邻甘川两省藏区的陇南长大,后于甘青新三省区交界的哈萨克牧区生活数载,再后来或为拍摄纪录片,或单纯只是游历,几次前往西藏,故而我一直以来的行吟走笔,大都未曾远离青藏高原及其周边地区,也始终保有着自身阅历与文字作品彼此关照的互证特质。

凭借区域生活背景抑或地缘文化给养,把自己曾经浸淫其间多年的西部农牧业人文风物诉诸笔端,直到那里的星移斗转、山川人事,经由民间传说式的奇崛想象,草根酸曲般的率真比拟,凸显出具有个人风格的文本价值。

其间,藏传佛教的轮回累世观,魏晋玄学的"非玄不远"说,以及迄今仍活在西北民歌中,粗粝、直给的比兴表意修辞手法,大体是构成我诗观的三种资源。

具体说来,以注重片段叙事,承载和触发抒情性,以尽可能朗朗上口的韵律结构,重组语词逻辑,创设偶发式关联,制造新奇的意外与极致体验,再通过时而掏心扒肺般的迫促语感,时而天南地北式的漫谈语态,对亲见之物、所历之事,尤其是在无常世事中晦明不定的肉身命运,给出关涉前世今生、因果失序的意蕴解读,并不断试探真率生动、易于感知、更可共情的诗意表达,这或许就是我练笔经年的意义所在了。

戴潍娜
DAI WEI NA

【作者简介】戴潍娜,诗人、青年学者。毕业于牛津大学。出版诗集《我的降落伞坏了》《灵魂体操》《面盾》等,文论《未完成的悲剧:周作人与霭理士》,翻译有《天鹅绒监狱》等。自编自导戏剧《侵犯》。主编诗歌mook《光年》。荣获2017太平洋国际诗歌奖年度诗人;2018海子诗歌奖提名奖;2020剑桥徐志摩银柳叶青年诗歌奖。现供职于中国社会科学院。

风 华(组诗)

◎戴潍娜

[风 华]

吞一口沙子挑出一粒甜米
我时常纳闷:年轻时的血,去了哪里?
它去到一颗遥远的星星,为我点亮一棵圣诞树?
抑或变成燃料,加满了一台拖拉机?
我只是在表盘上睡了一宿,
和衰老交换了一副身体
锦绣的灰烬,周身鸣放喑哑礼花——

祝贺它成功从我小小的皮囊中越狱
不竭地去往陌生之人,陌生之地
偶尔,在我喜欢的朋友们身上
我会嗅到它!
在宽阔的山坡,在无数耸动的叶脉
甚至命运交响曲里,
它冲动地想念了一把我这副旧身体
纵然是一份宇宙级乡愁
我从不指望回头。过去在未来等我——

我像一个崭新的情人,戴着白发新簪
坐在它偏爱的风雪天
嘈杂人群中,辨认他们内心流淌的音符
平庸人生里,听到湮灭的华章

逆淌的泪,是砸向眼眶的霜雪
曾被这丑陋世界夺走的青春的血
清澈的血,它千万人千万条路地寻回

[灵魂通信]

唯有最欢愉的人有资格沦为最悲伤的人
唯有新晋的生命,可抵消衰死的命运

白云,你的新坐骑?
寄来另一座城市的歌声
我把一生正着念了一遍,又倒着念一遍
齿间,经书滚若咒珠,道不清——
前朝与后世,一轮轮回炉的爱
墓园将是未来之花园

我亲见,你从死亡中习得了欣喜
浇入嘴角的泪,竟尝出新泉的甜沁
一瞬间,死亡叫你没了脾气
一转念,你又恢复了儿时的淘气
腻味了在这世上尊为垂暮老者
另一处光明之地,你就是最新鲜的来宾

记住,我们保持灵魂的通信

[昙花昙花,是她的名字]

她脸颊上的那枚月亮一天天黯淡
昙花镜前,惊异地撞见月球表面
——嶙峋的骨骼与生活
恰如酒店旋转门口,意外遭遇了另一个
老态龙钟,却跟自己长得一样的家伙
转门催促着,掀起沙尘暴
她欣然投奔的怀抱,

原是属于一堆尘埃的拥抱

她脸上金色的灰尘如星辰压迫
白发梢藏有月亮的白刃——
和瓦檐上的月、井底的月、
昭和美人眸中的月毫无差别,
都是水中昙花,在这具胸腔里摇碎
又在另一副肉体上完整起来
我们从未占有也不曾逝去的青春

只在极其遥远的事物上,
她的月亮仍疯狂生长
昙花,昙花
这惨白又壮丽的一生
空洞且丰饶的一瞬

[雨斜杀下来……]

定是六朝飞来的长箭,雨射杀我
胸腔里,死寂已久的火山泥
呛入晶莹雨滴
多少个雨夜层层叠叠地卷来。拥挤
好比密布的累债、账单
——房子在住我。现在看清楚:
我皮肤挂满赤裸的管线、逃生梯,
甚至消防栓。它将北极
浇筑进我身心。但我仍无法止住
啸鸣。无法对一切自雨夜
而来的守望开口问个究竟

大雨撞开了
我身上的铁天窗。
昨夜的雨箭,我会一一掷回去
那是我奉还给世界的光戟

[本 能]

无数次地,我回到这片古树林
像闯进永恒坚毅的水晶
离魂的苍柏,保持着绝对的姿态
没有人察觉,为了争夺阳光
它们每月向上拔长三厘米
只为把同伴扼杀在阴影里
这静谧又持久的厮杀——

一个人一生要反复练习
从悲伤中一把捞起自己
犹如距离阳光只有三厘米
犹如在溺毙的爱中攫夺呼吸
一切和演习温柔的杀技同一逻辑
隐痛原是生活的伴侣——
假使我一回回从乱梦中惊起,是为躲避
那来自远古纪元里巨兽的哀鸣
假使我娴静不语,只因那
抵住喉咙的笔尖缓缓生长

[渗 透]

你闪进破碎的树影
你将自己编织进鸟鸣
命中寂灭的火把,抛向彤云穹顶
你嗅得出所有即将消逝的亲密

这本不是一场生死对决,尽管
死亡列队整齐。请相信我,
所有的水滴终会融为一体
大海蒸发以前——
巴巴里狮、斑驴和帕拉夜鹰都向着你航行

——万物流向彼此

我们活着,无处不在
生命引力,携带旷古的回忆
当你开口问:又为何分离?

我试着回答你,收集你
不让有你渗透的大自然散佚
若我不小心说出了我想你
皑皑宇宙的坚壁深处必定有一个回音

你已嵌入世界的光景,你一次次被唤醒
我们驻足同一个故事里。

[葬 礼]

而血月在永夜中消殒
悲伤在面孔上刺青,请将这副表情
视作永恒的纪念品。你乖巧地眠进樟木匣
在小松树和银杏树的照拂下

三英尺地底,你绒脑壳戴顶小冠帽
传言如此投胎誓成人物,来生不做宠物
可世间的人哪,谁有你这般可爱
养狗,就是养一个注定夭折的小孩

而我无力匀一部分生命给你
人间已暂停了一切顽皮与抗议
有史以来五月里流过的血都遭天狗吞噬
眼泪淌到汩汩银河里去了

许是归还的玉玦,圆月伏进你的小窝
我听见坟头刺破指尖的松针月下拔出新笋
从那天起,你变成了坐在我心坎上的小神

[爱人们天天对着一口锅做礼拜]

（楔子：牛郎和织女这对天敌
顶喜欢在七夕打擂台
诚邀时间里两朵偶然的浪
替他俩清算人间美丽的账）

暧昧的战火，一路烧进厨灶——

爱人们天天对着一口锅做礼拜
在彼此怀中，搜捕一个可爱的神！

端出自己身上新鲜的果肉蔬菜
幻想才是最香的食材
你我沉溺于制造剧毒的美味

屋顶的烟囱，如立起的乳头
我们躲进母牛暖烘烘的腹下
在厨房内壁深绿色的荒野
发出腥热的呼救——
把全世界的森林召唤进这一间小屋

鲜美的你，带来古老的仇恨

[创作谈]

　　一个被诗的雷电劈中之人，往往说不清诗之由来。真诗几乎是从天上砸下来，不论承认与否，最重要的东西往往是在瞬间成就。文学中的真正部分发生在 0.01 秒，有如氢弹爆炸的毁天灭地，一个接一个的火球，把纸烫出大窟窿。一首诗之所以站成一首诗，而非分行的骗术，根本原因还在于它第一次生命中带来的 "氦闪" —— 那极具毁灭性也极具创造性的能量，送来诗歌特有的顿悟。立地成佛。现在假设一个诗人已经非常幸运地获得了 "氦闪"，要如何去把它完美地接住？作诗，作诗，若是手艺不好，真能作死一首诗。需要精准的内在结构将读者引向惊奇，然而那刺眼的光明几乎令人目盲，那是诗人最脆弱最无助也最美丽的时刻——没什么比 "雅野" 二字更得我心。传统之上的放浪，既雅又野，既训练有素又天马行空。训练有素，包括意象、练字、节奏、音律、乃至一首诗的气息。音韵的使用，可以让一首最复杂的诗成为一首最单纯的歌，认为现代诗无韵是一种业余的观点。古诗是数着节拍去练字，现代诗反过来，音韵内化到了气息里，一首诗的呼吸有如音乐般吹拂进每个字眼。天马行空，则是当一个诗人背后立着广阔的传统、繁茂的精神谱系，这时他 / 她如何作为一个个体站出来。诗人的聆听，是一个绝对的个人主义者的聆听，是独一无二的个体用绝对真诚的血肉语词吐出的珍珠。在一棵历经风雨起落的诗歌大树上（它早已经硕果累累，生生死死了多少遍），诗人用自己独有一次的生命，去结出了那一颗署名于他 / 她的果实，去写销魂的纯诗。

银水塘补记（组诗）

◎吴乙一

吴乙一
WU YI YI

【作者简介】吴乙一，本名吴伟华，生于1978年9月，广东梅州人；当过兵。中国作家协会会员、广东文学院第四届签约作家。出版诗集《无法隐瞒》《不再重来》。曾获华文青年诗人奖、红高粱诗歌奖。

[后来]

葬礼结束了。现在，众人围坐一桌
喝茶。剥花生。聊一些旧事
等待端上酒水、食物，主家拜谢宾客
他侧过身子，面容瘦削
满头白发仿佛闪电的灰烬
小时候，他特别疼爱我们兄弟
高考失败，自此闭门不出，写山歌剧本
后来，尝试不同的营生
有一年，他试种西瓜，要留取种子
抱我来到田间，剖开西瓜让我慢慢吃
那过度成熟的甜蜜气息
独自大快朵颐的奢侈和惊喜，让人眩晕
那时，我还不懂得一粒黑色的小东西
如何变成硕大的果实
他继续说，有一次，出差在外
在酒店大堂等客人
读到我写父亲的一首诗，禁不住泪水横流
而直接放弃与客人的会面
在他父亲的葬礼上，在散漫的往事中
我突然放下了对他的所有敌意
尽管我知道——
自己为什么会怀有深深的怨恨

[所谓时光]

她不识字，不会看时间
所谓时光，就是白天与黑夜。比如
大儿子的出生时辰
是某年七月初九早上鸡啼时
那年天冷，公鸡的鸣叫却温暖绵长
比如，一夜，就是天黑了
细雨没有停止，淋湿了院子
淋湿了菜地里的芹菜、墓碑上的字
所谓时光，是她守寡已四十年
是白发人送黑发人
就是她佝偻在床沿，阳光挤进窗户
落在一只破碗上

[荒地和流水]

银水塘出来的流水就此消失了
犹如一场绿色的大雾
把往事淘洗得干干净净。阡陌。小木桥
水渠，以及其中的鱼虾
饥饿的胃
互帮互助的热闹。欢喜和愁苦……
全都掩藏在连绵的葱茏中
大片良田成了荒地，没有了边界
没有了寸土必争的争吵与抢夺
满目皆是有名无名的杂草，它们曾经是
喂牛的上等草料。如今，没有了牛
没有了耕作
也没有了农药、除草剂
——有如春风从未停止它的吹拂
我知道，越过这片荒草地
流水将再一次虚构它的身世
成为另一条小溪的源头
不远处，古老的樟树下，香火依旧鼎盛

它被村人奉为神明
有美丽的传说和真实的惩戒
年少时，每一次路过，我都会停下脚步
和它交换隐秘的喜悦和恐惧
——那些喜悦早已遗忘
而恐惧，一直停驻在我内心

[采蜜记]

春天太慢了。五月后，有人家酿酒
以备新媳妇坐月子
乌桕树开花了，遍野漫山
仿佛雨水带来的礼物
村人忙着采三华李、甜玉米，烤烟叶
闲时，男人到水库尾钓鱼
妇人聚在废弃的小学操场跳广场舞
外省夫妇再一次准时抵达，在马路两边
摆蜂箱，搭帐篷，生火做饭
"乌桕花酿的蜜，是世间最好的蜜"
他热情地调蜂蜜水
招呼围观的老人和小孩
为了这一口好蜜，蜜蜂代替我们
到达了我们无法到达的地方
它们飞翔着，或是奔赴，或是返回
这么多年，我一直心存疑问：
蜜蜂会不会水土不服？
它们有没有怀乡病？
想到自己黯淡的写作，诗人
乌桕树，蜜蜂，突然有了神秘的联系
——我们都有相同的愿望
在这个苦涩的人世

[我们聊的都是往事和故人]

今夜的灯光不属于理想,不属于
从高处垂下来的生活。我们变得安静
不纵酒,不欢歌,只是围坐一堆火旁
喝茶,聊天。轰隆隆的烟花熄灭了
被我们呼唤回来的都是陈年旧事
忘在教室的书包多了几个乌龟
蓝墨水染了新衬衫,她在河畔边洗边流泪
勤工俭学捡茶果,路遇一条蛇
女同学拉着他的手再不肯松开
后来,有人转学,有人毕业打工了
我们说到别人记不清的细节
说到自己的糗事。大家都没有问起
主任属正科还是副处?
房产,以及汽车排量
我们开怀大笑,拍着肩膀摇晃
以茶代酒,碰杯,一饮而尽
也说到你,突然就离开了我们
想起返乡实习那年,你在村小教书
常常陪我聊天到凌晨
我们聊到你,每个人都黯然神伤
突然感到今夜的冷
从风开始。从背部开始

[芒 种]

闲居山间,我与真理保持足够距离
以阻止焦虑的大面积发生

有时,突然就忘了身边草木的名字
仿佛书本中遇到的一位熟人
热切交谈,转身离开
——它们的枯荣,像个哑谜

也读诗。总想替作者删去多余的字
尤其对语气助词,多有不屑
和不满
在历史的轻薄与暴戾面前,所有的语气
皆微不足道

创造者和模仿者同时隐于民众
有时,我们借隐喻说出爱恨,说出真相
有时,又用沉默说出

大地充满了欢乐,夏天越来越美好
一些花开败后,另一些接着开
芒种过后,我再没有爱上其他节气

[大雨后]

闻鸟鸣,如下山。有陡峭,有婉转
有断崖,深渊。四处无人时,你会迷上

这突然的,你并不懂的语言
像暮色,完全包围了你。入神,或出神

鸟声如梯子。山峰慢慢升高
无数水滴即将落下。一地落叶即将飘散

只剩下悲伤。因为鸟的鸣叫
山中的寂寞,并不是真正的寂寞

只剩下怀念。因为不懂
鸟鸣中的欢喜,是真正的欢喜

[创作谈]

我坚信诗歌源于真诚的内心，源于真实的情感和生存体验；坚信诗歌于每一个人，都具有独一无二的、神秘的力量。我相信诗歌能带给我力量，去认知这个世界，去对抗无穷无尽的黑暗、苦难、疼痛与挣扎，去感知更多的美好，获得更多在尘世的喜悦与幸福。

我将自己的"好诗标准"概括为：

情感：没有情感，何为诗，诗何为？呈现诗人的真情实感和真性情。

轻松：轻松进入诗歌，继而进入诗人内心，洞察诗人的精神世界。

共鸣：不自觉迷失其中，在急促或缓慢的呼吸间，它成为你，成为你的。

尖锐：像一根针，透着光，除了钝痛、刺痛，还有持久的手足无措的悲伤。

新颖：独特的创造力，持续的探索，不重复自己，不重复别人。

怜悯：不是在每一首诗中，而是在每一位诗人心里。

智慧：表现为突然而至的巨大的爆发力。

我理想中的诗歌：安静、澄明、朴素、自然、纯粹、直接、通透，但它的本质却是张扬的，有不可一世的棱角，有不服管教的凶悍倔强。当下，诗歌创作的繁荣背后，亦有同质化越来越严重的倾向；在公共写作模式下，如何找到确定具有生活质感的那一小块？所以，面对小情绪，我希望看到大气和开阔；面对妥协，我愿意是对抗；面对顺从的呻吟，我希望是反抗的呐喊；面对退缩，我愿意是强硬；面对柔弱，我希望是犀利……现在，我更希望自己的诗歌有坚硬、尖锐的质地，有桀骜不驯的个性。

非常现实

Life And Poetry

Cao Tang

再小的身体都是一座寺庙（组诗）

◎吕 历

【作者简介】吕历，1964年出生于四川蓬溪。中国作协会员，四川省作协全委会及诗歌专委会委员。著有诗集多部，曾获第六届四川文学奖等奖项。

[月亮升起来]

月亮升起来
把体内的银子，打成首饰
戴在山巅
月亮升起来，一粒
璀璨的单相思
一片微微发热的阿司匹林

[人类已无力解剖自己的阴影]

莫名其妙的烦，源于莫名其妙的痛
黑胶片刻满深纹路
古典的留声机，流淌摇篮曲

旋涡磨平旋涡。思想的小蝌蚪
游不出大脑的凸透镜

风的发型，挂满飘摇的树梢

星辰催眠星辰。电磁场咀嚼引力波
血和泪，都是神秘的水
可以化干戈为玉帛，可以点石成金

心电图画满等高线，脑回路直通
外太空。灯火太过陡峭
人类已无力解剖自己的阴影

[抽 屉]

从这只抽屉到那只抽屉
人们取出自己
又把自己，一点一点
放回去

从巢穴到虫洞
谁不是一只磨损的抽屉
装满了过期的时间

一只过期的抽屉
不知道何时何地被如何抽走
砰的一声
或哐当一下

[再小的身体都是一座寺庙]

再小的身体都是一座寺庙
驻满心神
光是唯一的菩萨,负责雕刻

尘埃在时光中钻孔
隐形的齿轮,拨动嘀嗒的心跳
万物皆是时光的材料和产品
时态即命运
浪花是车床,负责刨铣,抛光

人如多骨的芒刺
随时都有被拔掉的可能
但时光不是镊子,时光是存在的乌有
囤满了空洞的噪音

再小的身体都是一座寺庙
种满开花的菩提

[爱惯用灿烂说出仇恨]

海棠在腹部含苞,叶子在枝上击掌
风在长跑,树在举重
它们要把地下的东西,搬回天上

镜花水月,便是心领神会
只要月亮发烫,昙花就会绽放
只要两眼放电,指纹就能开锁

汗味太重,日子太咸
爱惯用灿烂说出仇恨
不到最后一刻,死亡不会咣当一声

还有哪颗文字没被肢解
知了,知了,知了
声声知了撒满冒烟的屋顶

[还有多少余生在路上]

一些路尚在建设,一些路业已走完
唯有锥心之问,是我们共同的话题:
还有多少余生在路上?

是继续潜伏还是挺身而出
是浮出于水还是返回梦中
这个问题,答与不答,都会水落石出

生之不易,死亦麻烦
当感恩渐成弥留,忏悔已成残喘
还有多少余生在路上

行将就木的人,不想死于非命
他要抽出每一根筋骨,熬一锅还魂汤
并和无常猜拳,再幽,虚无一默

昔在,今在,永在,安在
这个世界,总有一道伤口是你的
满腹冥思的人,何时重沐天光

人间太深，天上的银勺太小（组诗）

◎唐以洪

【作者简介】唐以洪，四川仪陇人，现居资阳乐至县。作品发表于《中国作家》《诗刊》《星星》《草堂》《作品》《山花》《延河》《广西文学》《扬子江》《诗选刊》《北京文学》等。曾获首届"十大农民诗人"奖、郭沫若诗歌奖、安子打工诗歌奖、首届产业工人文学大赛诗歌奖。

[就像一滴海水按住大海]

我的灵魂很轻
很轻的灵魂可把65千克的肉身
轻轻地按住
就像风按住落叶
让它诚服于泥土
就像一滴海水按住大海
不让它起伏

[打 磨]

把自己放在时间上
争分夺秒地打磨
我希望把自己磨得
更小，更细
就像一根纤弱的毛发
毫不起眼
而又能从生活的内部
刺探出来

[何去何从]

我仿佛来自自己写的一首诗歌里
一行行诗句搭建一排排青砖黛瓦
炊烟和太阳一同升起
稗草和稻子一样
享受名正言顺的身份

在那里,我被悲悯降生
想成为一个诗人
而麦子赐予我一把麦芒
我成了一个跑江湖的赤脚医生

我在自己写的那首诗歌里
穿过一行行玉米,一行行稻谷
一行行麦子
涉过一行行出淤泥而不染的荷

我从悲悯而来
终将回到悲悯里去
而且,会更深入一些

[扛着水泥前进]

工地常断电
但生活不能断电,一百斤一包的水泥
必须一包一包往上扛

扛水泥时,我弯着腰
就像一个勇士扛着一捆炸药包
但生活的堡垒
在什么地方?

我把头埋得也很低
像生活中的一个潜伏者
把头埋得更低点
我就会找到那根引线吗

我常在某一层楼停下片刻
因为我幻听到生活的堡垒
那轰的一声巨响

[所谓的孤独]

所谓的孤独
无非是客厅那只猫
躺在自己的影子里
自己玩耍自己的尾巴

孤独其实也有窄门
猫玩着玩着就把尾巴塞进口中
那哇的一声痛叫犹如开门声
猫嗖的一下从痛叫中
蹿了出去

我还留在其中

我孤独的根源在于
几十年了,知道自己还在人间
但一直没有找到

[拜虫子为师]

我的生活
一直蒙承虫子的启蒙

为了一粒大米
自幼模仿蚂蚁,把手放下来
和腿一起奔跑,恨不得长出翅膀

我已学会举一反三
另外虚拟了两条腿
一条赴生，另一条
赴死

也曾向蚱蜢学习，双腿
奋力一蹬，嗖的一下
从稻草样的梁家巷子蹦到了
齿状的深圳。青春的腿
有的卡在齿缝里，有的溅到了天上
现在，我正用手
慢慢地爬

承受的风雨太多
一根稻草就可以将我压垮
蜗牛背着那么重的房子在人间轻松行走
向它学习吧，背起这副皮囊
和厚重的尘埃

这些年运势不太好
微风迎面，都像给我的一记耳光
内心的灯盏也被扇灭
幸好萤火虫教会我把自己点燃
在漆黑里提一盏灯
自己搜救自己

我常在深夜出没在别人的梦乡
被误认为是一只蝙蝠
哎！向蝴蝶学习吧
扇一扇这对劳作的翅膀
向生活展示一下
我斑斓的魅力

[萤火虫]

指间忽明忽暗的
微火。这些，小粒小粒的白天
还在用微弱的战栗的亮光
游弋在漆黑如水的夜晚
奋力地搜救着
哎！天上的那把银勺太小了
人间如此深
怎能捞起沉没在孤寂
底部的我

[画 面]

一只螳螂举着大刀
向一只蚊子悄悄靠拢

一只黄雀在螳螂的身后
静静地盘旋

一支弹弓躲在树后
向黄雀瞄准

看着看着我就不敢转身了

该如何形容夜幕下的大西路（三首）

◎ 纯 子

【作者简介】纯子，本名曾竹花，中国作家协会会员。作品发表于《诗刊》《诗选刊》《星星》《扬子江》《飞天》《草堂》等，入选《中国年度诗歌》《中国诗歌精选》《中国最佳诗歌》等多种选本。曾获"千古风流扬州城"全国诗歌征文一等奖、首届"永不分梨"全球爱情诗大赛银奖、首届"月河·月老杯"全国爱情诗大赛银奖、"走遍全世界，最美还是张家界"全国诗歌征文二等奖等。

[该如何形容夜幕下的大西路]

该如何形容夜幕下的大西路
说它败落、陈旧的躯壳里住着老去的
灵魂，抑或
说一个沧桑的老人在吹奏一支老得掉牙的
乐曲。还是说它的站台空空落落
经过的2路车总是呼啸而过
没有上客，也没有下客，宛如一只孤独的鸟儿
贴着低处飞行。说它两边的店铺
早早打烊，像关闭
心事的河蚌，悬铃木的浓荫遮盖它们
也遮盖了它们的店名：
鼎大祥、中百一店、群艺歌舞厅……
该如何形容它们曾经的喧闹：人声鼎沸
门庭若市，
像明星被众人簇拥，还是形容它现在
曲终人散，
只留下长久的沉寂
偶尔有野猫觅食经过，而经过的风

更是匆匆,像丧家之犬
更不要说夜色里一个骑着电动车
疾驰而过的行人
像一个移动的鼠标,在他命运的
夜幕下,在他人生的
幽暗里

[我究竟多久没有收到信了]

我究竟多久没有收到信了:
一年两年
还是十年二十年,就像我多久没有
写信了
我多久没有在一封信的开头
写上:见字如面
而在结尾写上纸短情长
那时我那么认真,像练习书法的人
一笔一画
对不满意的言语也全部作废
寄出信后,我便等待回信:
那未知的内容,未知的到达时间
——让我的内心充满期待
这也是如今
很多未写过信的人无法体会的
因此,他们一直无法理解
我为什么对一个空了很久的信箱
依旧情有独钟
为什么经过它,依旧会打开看看
仿佛里面真的有一封
来自远方的信
而我为了等它,花费了自己的半生

[你有没有反穿一只袜子的经历]

你有没有在摸黑中反穿一只袜子的经历
就如你在
摸黑中穿反一件羊毛衫,尺码一样
质地和颜色都一样
除了比正面多出的线头和凌乱的商标
不在明亮的灯光下,你几乎很难辨别
它的里外,就像你几乎很难
区别一个人的表里
或者一片叶子的正面和反面
那过于相似的纹理。你有没有
反穿一只袜子在路上行走的经历
而并未觉得异样,你依旧习惯
出门时先抬右腿
下台阶脚尖着地。一切和往日无异
肉身昂首挺胸
而脚步不甘落后。事实也确实如此
一只反穿袜子里的脚
和一只正穿袜子里的脚,有着对等的合适
它们是左和右,是前和后。
也是走过的路和正在走的路
未来可期
但依旧需要艰难跋涉,无捷径可循
也无近路可走
因此你不会在雨水里走出干燥的脚印
更不会把寻常路走得惊天动地。
直至你低头的瞬间
忽然看到,你像发现一个巨大的秘密
你面红耳赤
却又装作若无其事

顺其自然（组诗）

◎ 肖 寒

【作者简介】肖寒，吉林梨树人。出版个人诗集三部。曾参加《人民文学》第二届"新浪潮"诗会、诗刊社第32届青春诗会。

[顺其自然]

昨天阴天，今天下雪
至于明天，对于我
一个足不出户的人来说
天气阴晴并不重要
我把洗干净的水果
放进果盘
闻着窗外下过雪的
空气的味道，在厨房里
人间烟火

到了一定的年龄
就会无端懂得一些道理
既不生绝望之心
也不生期盼之意

会自然地
把走过的时光
变成满脸风霜

[我的城市]

我往菜里加盐
往生活里续酒
给一片片灰色的云朵
投去眺望的目光
春天的天空忽远忽近
我和女儿吵架
和爱的男人纠缠
和自己从未心平气和

一个活得过于认真的女人
必定会漏洞百出,我想要的
和我不想要的生活
一直纠缠着我

别人的城市早已春暖花开
我在我的城市
柴米油盐,鸡飞狗跳

[我不知道]

我在继续着
与无数人不同
又与无数人相同的日子
我在今日的午餐中又多加半碗米
又在生活的琐碎中通透了一点

城市的天空
飞过一群鸟
一颗寂寞的心
无限涟漪

我压抑郁闷的心情
不给想要打电话的人打电话
不给刚写的诗句中
加入悲伤的底色

我知道这世间还有许多
我所不知道的美好和丑陋
那些我不知道的
就不要再告诉我了

[我的样子]

我喜欢被动地活着,喜欢
我想念的人先于我说出想念
我喜欢好事降临头顶,点名道姓非我不可

春天的样子很美
为了活得更加清晰一点
我去繁就简
我只活成你的

春天真好啊
夏天也好
只是风不能吹得再低了

[从未停止]

每一次欣喜和悲伤,
都是自我怜悯。

雨停止之后,
就是一场又一场无边的雪,
之后又是雨。

大地从未停止对人间的馈赠

最青春
Younger Poets

Cao Tang

木与火（组诗）

◎马泽平

【作者简介】马泽平，回族，生于1985年。中国作家协会会员，中国诗歌学会理事，鲁迅文学院第31期少数民族作家高研班、诗歌班学员。作品发表于《诗刊》《星星》《诗歌月刊》《民族文学》《作家文摘》《诗潮》《扬子江》等，入选各年度选本。著有诗集《欢歌》。曾参加诗刊社第35届青春诗会。

[猎手和标枪]

新年第二天，读新闻，在热点话题里
梳理过去和现在的哲学关系
读到蔚蓝色的大海
鲸鱼，帆船，猎手和标枪
它们以共同的力
拆解了一个有着宏大时代背景的
独身女人的一生
读到眼泪，透明的琥珀色，挂在桅杆上
等待酒杯中突然搅起美好的回忆
滴落。轻轻地滚动
谁不曾有过波澜壮阔的一生？
读到谶语，或者是绳索，她说：
"应该走在这样一条路上"
是啊，应该把绳索套向脖颈
但往往也觉得庆幸
我因悖逆"应该"而获得精神层面的独立
我愿意像读到的猎手和标枪
笨拙地肢解她背后，宏大而沉冗的时代主题

[木与火]

几个朋友在讨论天竺葵和紫罗兰
我只能在旁边听
我和我的邻居以人参泡酒
但从没有培育过一株
植物。我的邻居读《本草纲目》
写带有咸湿海潮味的胶州史
偶尔凭音色辨认木与火
五行相生，也相克
像几个朋友讨论的每种植物习性
命名使它们在根源处和解
如果细究其因，一些差异源于地域
一些则源于对木与火的认知

但我的邻居已至不惑
是生活中的诗人、哲学家和地方志学者
万物运行有序
我的邻居说：我们终生悬浮在大海中
知与不知或许并不值得信赖
除非我们能点亮心灯
我的邻居相信植物开花也是灯的一种
它们是独立的宇宙
生死有时，也有序，值得我们
参悟和讨论

[想起一件快递还走在途中]

仿佛活着就是为了等你从远处走来
仿佛一生中最愉快的事情
就是想三种以上，打开你的方式
仿佛你就是我在途中想要轻轻
叩响的每一扇门
仿佛所有探究的话语，都在你的舌苔上生了根
而我一无所知
还没有做好准备成为拥有你的男人
但梦境已先于其他昭示
仿佛只有白天，白的房子，白床单
月光如水流动值得信赖
而我还在长久地等待
面纱被缓缓揭开
我因此而陷入短暂的冲动
想要敲开每一扇门
以中指或者石子，轻轻敲玻璃和门
直到人们从客厅里，床上，厨房中走出来
哦，就是现在这样
他们停下正在做的事情
和我一起等待

途中的快递，紧张地等，旋即安宁
——这死亡给我们的神秘馈赠

[时间留下了什么]

我们常常陷于形而上的假设
以白驹或者电光隐喻
那些无法把握住的时刻
甚至渴望它
擦去使人不安的种种痕迹
重新构建起认知体系
但假设意味着存在其他可能性
譬如，当我们回归时间
开始和结束
它催熟一切青涩的
赠予我们生活的必需品以及无法避免的
触觉、味觉、视觉乃至直觉
仿佛这些也拥有意志
引导我们趋向事物的本质
继续形而上，假设
造化我们的和毁灭我们的同在
并由此得出结论
此点是彼点的循环或者延续
可我们往往忽略了
时间终会熬干水，留下残渣
我们在时间的野火中
焦煳。在时间的河流里
一点一点下沉
除非我们相信：会有新的事物将我们代替

虚拟之歌（组诗）

◎周园园

【作者简介】周园园，女，生于1989年，2014年毕业于福建师范大学。作品发表于《星星》《草堂》《芳草》《山花》《中国诗歌》《福建文学》等。出版诗集《回望时光》《银花戒指》，自印诗集《漫长》。现居天津。

[清澈]

天渐渐亮了
我在窗前躺着
雨声时急时缓
叶子在某一处
簌簌地落
也有新芽在长
溪水里，一粒粒石头
逐渐清澈
戴草帽的姑娘
欢快地旋转着
稚气未脱的舞姿
我打开一本书又合上
天空送来了雨滴
又带走它们

[虚拟之歌]

虔诚地交出自己
并对你说：爱我
就请享用我吧
此刻，梦境中
海浪卷来浮木的夜晚
而我拥抱你
一种空，不在场的虚拟
一段鹧鸪的鸣唱

从槐树层叠的叶子间
漏下的光
像怜悯的神情上
一股看不见的力
最后，仍然是，爱
编织出密实的绳梯
引领万物

[清洗]

中午洗一遍碗碟
日落前温煦的时刻
再洗一些别的,水映着
头顶,圆形的灯
像日头落入手中
潮湿的,唇间
吐露清晨的雾霭
我反复练习的正是
把自己清洗得干干净净

[源头]

我记得,父亲在世时,我们常在炎夏
开着窗,阵阵清风吹来白薯与青豆的味道
夜晚把亮闪闪的星星放在我们的头顶
实在是太美好的时光
以至于我常常怀疑它是否真正存在过
就像现在的生活,一个人面对空白墙壁
想念,有时巴赫的曲子随雨声响起
那面墙上便有数不清的音符重新排列
有时它也变成一片光海
涌动着水母与金枪鱼
多少潮湿的日子就这么过去了
多少人从未尝过疯狂的滋味
我一生都想重回的,便是源头处
那个似乎存在又似乎不存在的夏天

[自然的鸣唱]

有时
在顶楼
向上或向下张望时
会有一种眩晕感
万物静寂,令人想起
雪朗峰,年幼而勇敢的孩子
从高险的山巅俯冲而下
滑行后的踪迹细长耀眼
当我把双手放在前额再一次确认
那迷人又令人沉醉的时刻
正在自然的鸣唱中消逝

[不及物]

这些年
生活赋予我的
仅仅是无法接近它的经验
无法获取及物的智慧
就那么悬着,像老式的钟
童年里摔坏的蓝色瓷瓶
再也没有拼凑出完整的海

[纪念日]

大约十年前,我与你第一次相遇
夏夜灯光中的影子写着名字的偏旁
东湖的水,涟漪脉脉,温情
流淌着玉一般的笑意
现在,我们在雨中走过
积水的柏油路,凤凰木在雨水里
异样热烈,如火焰摇曳
为这样的时刻,我们准备了寂静
与长久的默契,为自然展开的一切
为时间,准备深海的晶蓝。

从另一件事物开始（组诗）

◎ 刚子

【作者简介】刚子，生于1989年，甘肃省清水县人。作品发表于《十月》《诗歌月刊》等，偶有获奖。

[猫头鹰从黄昏起飞]

我们不该因随之而来的暗淡，而停滞不前
猫头鹰做了示范
月色并不常有，月色有时候冰冷刺骨
它把落日这只句号，视为开端
飞入空茫山中，坐在
山果落尽山花未开的枝头唱歌
在稻粱谋的间隙

[观影记]

一滴露水悬在花瓣上，不急于跌落
树下流水裹挟流水
远去，并无波澜。
他常常幻想独处的时光
一首诗最寂静的部分，感动自己
而剧情是这样：接送孩子，排队取药
挤公车，新打印的文件中缺了一页……
遥控器上，快进键被众人狂摁不止
两山之间有一座平静的城
太阳在蓝色幕布上，慢动作重播

[清晨的卜辞]

日升。
露珠所能给予事物的湿润
越来越少
此时面向人间，必然要背对群山
一条弯曲小道
从他脚下，蔓延到深深林地
春风恍恍惚惚，杏花

像等待被唤醒又必将被辜负的女子
不晓得几时开放几时落去

[核桃树上]

那时候我能轻易坐在树枝上
比羊群和野花放肆一点
更放肆的
云朵那么白,林花那么红
每一只飞过的鸟
都是蓝得没有边际的天空中移动的窟窿
我常常幻想被绿叶簇拥
能看见别的事物而不被发现
而后来我终于被绿叶围困,温驯
险峭处,多么需要一枚坚果——
当桃花献出蜜语,鸟雀去国,羊群赶向街市

[墓 碑]
——兼致扎加耶夫斯基

一张新的身份证
再一次确认你,再一次
确认残缺的世界
需要赞美。
你仍在持续,借助新生的荨麻
落下的画眉和游离之光
三月,花开多少,必然要悉数落去
爱过的,必然要悉数成为尘埃
而墓碑将长久立在废弃的家园
像一艘沉船,蓄满"带盐味的遗忘"
那些歌声,真实,可触,一声高过一声

在分界线上（组诗）

◎ 田凌云

【作者简介】田凌云，1997 年生于陕西。作品发表于《钟山》《十月》《西部》《扬子江》《诗探索》《长江文艺》《星星》《汉诗》等。曾获第五届《扬子江》年度青年诗人奖、第三届陕西青年文学奖等。曾参加第八届十月诗会、第二届《星星》全国青年散文诗笔会等。

[这个时代]

偶尔从小平台看人间百态
让我明白：现在应是禁聊天的时代
人人从自我处走出
再从自我处进来
唯一的大门通向的无限
皆是此我或彼我
所有被声音摇晃过的心情
最终都难逃某种令人不安的宿命
而我坐于一人的家中，度过国庆与中秋的双节
遥想我想要祝福的众人
都会获得与苦难所对应的喜悦
就像我此刻
孤独与满足、黑暗与光明
像两片巨型的血唇
长久对称地立于我身体的两边

[在分界线上]

年轻之我已经退去，偶尔回返
而苍老之我已提前到来，偶尔慈悲

允许年轻之我，悄悄在我身上
移入一寸的距离
在深夜独自枯坐，不得不承认
我现在对于一切事物都有着远超于年龄的
平静与包容之心
仿佛吞下过无数块黑暗的狮子
凄凉的寂静之路中走出了
君王的步伐
每一步都走得天地乱颤
每一步都走出金色的、不断凋落的小人
每一步都令我腰身如折柳
像无数个头颅在天桥上准备乘着空气之船
奔向地面
而没有一丝丝恐惧的犹豫

[一个寻常的早晨]

一早上我心神不宁，但眼神依然如
苍老的湖水，躺在床上翻着手机里
一堆无用的东西，想着自己是否应该计划下
自己的写作，但随即否定了想法
——任何目的性的写作都令人感到羞耻
一切的主题都像强势的小刀削弱思想的味蕾
只会击败自己体内的皇宫与庙宇
白骨与蝴蝶
统一揉碎至地平线之下
平庸化的速度堪比刽子手杀生时指尖的赛车
于是我慢慢平静下来，从之前的平静
进入了一种更大的平静
拿起手边的一本诗集，像对待谋生一样
将它慢慢品读
心情的摇篮上挂着选择性遗忘的金色花朵
用眼睛跟随字句的沉默一点点将它微微绽开

[世界很好]

在这寸草之地我将获得一个地球
在这众多牺牲者中我将是最安静的那个
幼稚者或成熟者
在和生活并肩躺在某种梦境上
我将是最虚无的那种
真实或不幸
在芦苇搭建起的茅草屋里
我将是那茅草屋的定义
其中无法诉说的本质
我将我的心情塌陷入一首亢奋的诗中
再从一首无法诞生的篇章中提起
没有什么值得失望，这个世界很好
绝望从未诞生，灾难在无限轮回中趋于静止

[幸福曲]

你是我的敌人，深夜的呼啸
用吞灭与剔骨，赐予我虚弱的礼物

我不是我，却暗藏你的意义
你的灵魂，让我的肉体如四月杨柳
感受人世的手掌
这火辣辣的手掌，不断残缺又修补的手掌

而如今，荒谬也是幸福的一部分
你也是我破洞中间的一部分

时间长河（组诗）

◎ 安乔子

【作者简介】安乔子，女，本名冯美珍，生于1986年，广西北流人。作品发表于《诗刊》《扬子江》《星星》《青年作家》《草堂》等。著有诗集《在大地低处飞》。曾参加第二届《星星》大学生诗歌夏令营。曾获第十届红高粱诗歌奖。

[时间长河]

所有的都被带走，连同水中
我们不能拥抱的月亮
被一川川逝水带走
泥沙俱下的河底记录每一次得失
在另一个层面反馈河
沿着河流走下去
我们饮食冰雪、吞下斧子和闪电
从多雨的眼睛中收回自己的泪水
但我们终不能返回
从一条长河来看我们的一生
那些污浊和疼痛的瞬间，几乎忽略不计
每次汹涌过后我们回到善良的水面
一条河能吸纳一生的阴影
一条河的走向是安静的
回忆里的哭泣也是安静的
此刻我们安静，就是永远的安静

[稻草人]

多么温暖的稻草人
它久久地站在那里，安慰受伤的茬
却忘了自己的枯瘦

当它对着一缕升起的炊烟
喊痛
烟囱那头的母亲
眼睛被熏出了泪水

当一只鸟站在它头上
回忆
天空矮了下来

[曾经的愿望]

母亲是个小裁缝
是个心怀春天的人
我曾经的愿望是在荔枝庄
在那条热闹的街上
给母亲开一家
名叫"春天的小裁缝"的小店
让她给村里的孩子
做那些花花绿绿的衣服
让小小的村庄
因她而熠熠生辉
当我有能力开一家裁缝店
我母亲已经老去
她拿着线的手,颤抖的手
已经穿不过针孔
她打出的
线条歪歪扭扭
像那台漏洞百出的缝纫机
现在它摆在角落里
被一块布遮盖
那缝纫机是八十年代
最好的凤凰牌
而我的母亲
还是最好的母亲

[等 车]

在村路口,等车的过程
总有拿大包小包的外出打工的人
总有人来询问你的去向
一辆乡村巴士穿过时,它停下来
车里探出一张张山花的脸
有人走过去,递给售票员什么东西
有人上了车,手里拿着一袋青菜
有人挑着两个蛇皮袋的行李
车走了
总有一个母亲跌跌撞撞地跟在后面

[流 水]

流水如果不是来自故乡
她流一万遍都是徒劳的
听一万遍也是陌生的
当我听惯了故乡的流水
她无数次向我走来
我无数次想起河岸边的事
母亲在岸边的
玉米地里,总有她的身影
总有一双被河水打湿的鞋
在玉米地里奔跑
一次,我在异乡的房间听见一曲流水
我觉得是故乡那条河
越过千山万水,来到我身边

[族 谱]

族谱放在老家的抽屉里
父亲偶尔拿出来看看
把人数一数
国字辈的已经全部离世
建字辈的没了一个
活着的人在纸外
在他眼里
几个孙子在院子里打闹

几棵荔枝树围在四周
一棵树在我们之间
伸出了枝丫,长出了果实
留下一些痕迹
像写在族谱上的字
哦,他已经很久没种荔枝树了
它们已经成为往事
这破旧的院子也是往事
有一年刮台风时一棵树被吹歪了
压在院墙上
那是祖父亲手种的
父亲好几次想把它砍了
最后还是留下了
祖母把一根绳拴在那里,用来晾衣服
这时父亲合上族谱,锁起来
一个人出来,靠着那棵树抽烟
风轻轻地翻动他的背影
像有什么拍了拍他的肩膀
将这孤单的背影认领

[**纸上人生**]

有几个人我一写再写
但命数已尽,他们在纸上的坟墓里安息
我还要爱很多人,但还没落在我的纸上
我期待他们雪一样落在纸上
有几种人生,已经被我写尽,没写出来的在
左手边
路上的风景已到深秋,落叶铺满雌性的土地
总有一天我会死在纸上
那些恨我的,把我交付泛黄的季节
那些爱我的,把我抚摸之后,让我再活一次

断断续续的梦唤醒故乡（组诗）

◎ 李啸洋

【作者简介】 李啸洋，笔名从安，电影学博士，南京市第二期"青春文学人才计划"签约作家。作品发表于《中国作家》《花城》《诗刊》《星星》《扬子江》《中国诗歌》《延河》《青春》《解放军文艺》《椰城》等。参加诗刊社第37届青春诗会。曾获《星星》诗刊2017年度大学生诗人奖、全球华语短诗大赛新诗年度诗人奖等奖项。

[梳 子]

第一次梳头
为六十岁的母亲。
黑色，一个记忆的词。

我自年少就识得这万缕青丝
那时，油灯熬着眼睛
贫穷发出昏聩的光。

乌夜供着清水，
母亲补生活的烂袖子
似一张憔悴的古画。

日头韶尽全部的光阴
虫声萧条，秋天
荻花和桃木梳都老了

好像过了很长时间，
自我放下梳子。
纱窗，扑满记忆的新绿

[绿皮火车]

秋天扑到身上，
月亮在心底锈着。
故乡，似一尊
漆满光的银器。
绿皮火车一节节穿过异乡
灯，追着夜缓慢前行。
平原上的稻草人，
寻找先祖走丢的草鞋。
黑夜披着厚重的袍，
拖着旅人四处流浪的故乡。
群山后移
似闪身而退的刺客

[春 夜]

黄昏，细软的柳枝伸至窗外
云翳染上福寿的颜色。
鸟回归桦林，将一天的句号
拉长。我的身体被水包围
一场春雨，赤脚还乡的人
挂满声音的银镯。
春夜，冷冷的黑句子泼向我
蓝钟花追逐月亮，
山涛隐于灰尘
断断续续的梦唤醒故乡

[卖甘蔗的少年]

他们挑着一担松散的故乡
从湄公河赶往西双版纳，
芍药白花花地开着。
七月在肩上用力地弯曲
走着走着，
夏天就流成了汗
成了额头晶亮的盐粒

[鼓]

鼓用声音为自己招魂。
五更，叫夜人醒了
靠墙睡着的梦，蒙着皮活了很久

弓在埋伏，箭也在埋伏
槌响，雷和雨的种族冲击突围
吞掉火种的士兵，寻找星星的光线。

铜钱复活。声音咽回午夜的嗓子
真相显现白天的肉身，受惊的秘密捂住心跳
风劫掠高原，旗帜猎猎作响

中坚
Major Force
Cao Tang

读懂自己就好（组诗）

◎叶延滨

[诗说人生一百分]

爱过了该爱的人，十分
被你爱的人真心爱过你，十分
恨过了该恨的人，十分
恨过能放下不再恨那人，十分
被污辱被陷害还敢信自己，十分
世人看不起你仍喜欢这世界，十分
鲜花掌声中没忘自己是谁，十分
急流尖峰放下一切笑着离去，十分
能做到这些
人生也就无憾了

剩下的二十分由不得自己
一半交给生下你的时代
盛世乱世，生下你前
没有人会告诉你！
一半交给血管里的民族
马背上还是船板上
你出来才知底细……

诗云：是露水就伴一次朝霞
是石头就守无尽的繁星
各守本分，尽心就是好命
无邪就圆满……

[过期了]

一滴水在陶瓷酒罐中过期了
过期的瓷瓶发黄的商标
让过期酒成为贵族

一滴水在岩洞石笋尖过期了
成为时间隐秘的乳汁
时间在岩洞长出牙齿

一滴水在候鸟肚子里过期了
这滴水就创造了奇迹
穿越过浩瀚沙漠

[文物也有故事]

课本里的茅屋
终于被秋风吹走了
预制板的出租屋
让春天里的推土机运走了
春风里如笋的楼房拔地而起
撑破了迷路的云

被文物保护令赦免
留下一条命的这座老宅子
就像这镇子曾经风光的乡绅
穿着旧时马褂长袍
老了,老得没牙
老得弯腰屈膝驼背
老得低眉流涎

在威风八面
高头大马的楼群中
可怜的老宅子趴地上
让人想起落幕的批斗会

想起日落时分地铁口的乞丐
"哇,羞先人哪……"
这只落在老宅瓦檐上的黑鸦
竟然会说人话了!

[少年游]

小萤火虫拖着小灯
在夕照的光被剪断的时候
照着蚂蚁回巢的叶子

大凉山锯齿山头
锯出半个月亮,亮光光
照着回家的田坎路

我大声叫着唱出声
北京的金山上光芒照四方
走夜路的少年给自己点盏灯

《北京的金山上》这歌好久没人唱了
小萤火虫也好久看不见
大凉山说,你老了……

[一半闲情一半醉]

山上有座半山寺
夕阳落下一半
半落的夕阳
敲响了寺里的钟
黄昏钟声如酒醉人
一半有气无力
飘在云朵间
一半似睡非睡
像个半醉香客

山路上摇摇晃晃
摇到远方

似睡非睡的山寺
钟声逍遥尽了黄昏
山路上的钟声
醉成台阶上的落叶
钟声在空中碎成雪花
雪花堆白了夜
原本躲在寺里的梦
梦中飞出一只
不想变白的乌鸦
哇哇叫扑腾着黑翅
苍茫半空……

[秦岭收藏过我]

我的青春种在这座山上
我不是熊猫，不在保护区
老宝成铁路的一个小站
横现河，小站旁有个工厂
这个叫 2837 的工厂收藏了我
四年共一千四百个日夜

山清，无边的大山围住
水秀，嘉陵江剪断云雨
最重要的记忆是两个数字
进厂每月工资二十七元
一年后转正四十二元一角
这一角钱陪我走出大山

从工厂进城，沿铁道走
一根又一根枕木横在眼前
一根根迈窄，跨两根太宽
多少年过去，秦岭这段铁路

像一个隐喻铺在我的面前
写诗者，铁轨上走枕木的人……

[悟道者安坐]

空即为道
空得无边无际
便容得下宇宙万物
容下日落月升
容下满天星星点灯
容得下你此刻
安坐闭眼，神思与天同游

实即为道
大地实实在在
把大山从大地挤出来叫昆仑
把大河从峡谷挤出来叫壶口
把万物从春天挤出来
种子发芽开花
不开花的你此刻
安坐闭眼，心如大地坚实

悟道者闭目安坐天之下
头顶有只鹰也悟道
悟道者知道他不如鹰
鹰想空，只要动了念头
就真能展翅凌霄！

悟道者闭目安坐地之上
脚边有只龟也悟道
悟道者知道他不如龟
龟实在，什么都不用想
就送走千年风雨……

白菜之心（组诗）

◎唐 力

[漫 游]

1

我们穿着白色的睡袍
在大山包山顶上漫游

我们是精灵，溢出了睡眠的边缘？
我们是天使，落入了词语的凡尘？

我们是一群疯子，刚刚逃离了疯人院？
那浓雾是建筑在半空中的疯人院？

与我们相仿，还有另一群疯子
在空中漫步，把深渊指认为天堂？

2

我们穿着白色的睡袍
在大山包山顶上漫游

大山包也穿着白色的睡袍
在大地上漫游

我们在漫游之中漫游，能否卸下心头的灰？
我们穿着睡袍中的睡袍，能否进入永恒的梦境？

我们是不是命运的睡袍上
那微不足道的小虱子？

3

我们穿着白色的睡袍
在大山包山顶上漫游

大雾仍在山下弥漫，遮蔽了所有的事物

让我们一无所见，仿佛世界消失了

我们走进大雾的中心，会遇见自己
白色的灵魂吗？
我们发现，我们走进了一件更大的睡袍里
它罩在虚空中，没有边际，没有由来，
　没有始终

4

与雾相对
一旦我们向前迈步，跨出自己的睡袍——

我们就跨出了自己的身体
成为疏离之雾、隔离之雾、惘然之雾、
　迷乱之雾

5

我们以手握雾，要用它建筑
一座空中的疯人院

——用来关闭那些飞来飞去，不羁的灵魂

[日头偏西]

日头偏西，光线在默默迁移
日头偏西，时间回不到正午

日头偏西，一个人在影子中汲取回忆
日头偏西，一个人在额头上晾晒中年的荒凉

日头偏西，窗下的河流中间
露出了白色的空地——

日头偏西，高楼静默
仿佛肃穆的僧侣，无声地拖曳阴影的长袍

日头偏西，一缕倾斜的光线
栖息在孤独者的面孔上

[与书同眠]

与书同眠，我有着深深的恐惧
书本会不会在黑暗中
打开我的身体
把那些无用的文字，塞在我的骨缝里？

像磷火，在幽暗之中闪着寒光

[白菜之心]

一颗素洁的心
一颗带露之心
一颗层层包裹，心中之心

我拿着它，我惴惴不安
不敢放下——

我要把这心
安放在谁的胸膛？

[雁荡山听雨]

一夜的秋雨淅沥，有几粒
落在雁翅上，成为远方
一个陌生人的书中，经久的泪滴

在黑漆漆的屋檐下，有几粒
成为迷蒙的灯火，闪烁着
迷茫的光；有几粒
放大为夜行货车的轮子
飞速旋转，仿佛不可抑制的内心
滚滚向前；在今夜，有几粒
被风挟持，远走他乡；有几粒
渗入喉咙，稀释为夜晚
模糊不清的声音；有几粒
被我的身体碾压，成为
薄薄的睡眠；有几粒
租借给了梦幻，梦幻就有了
中年的唏嘘。一夜的秋雨落尽……

清晨，在雁荡山下
我从梦中醒来，听到窗外
一树的清亮的雨滴，霍然鸣叫——

[寂 静]

我的眼眸里，一弯闪电
凝止为白色的寂静

大寂静啊——那是黎明允诺的白雪

[双耳之窗]

1

整个下午我都在雕刻
雕刻风，雕刻雨，雕刻我不可抑制的
战栗——雷声浮现
巨大的形体，巨大的沉默，横亘在你我之间
——我将雕刻它闪电的花边

2

沉默的花纹布满窗格，痛苦的
马匹在耳道的奔跑
录制蹄声的张望
在黑暗的甬道里的，孤独的人
在默默谛听，词语的无言

3

我将会返回，从岩石里
从灯盏里，从落日里
从水滴的幻象里，返回最初的出发之地
——在谛听的窗户，在耳朵深处
闪耀着神圣言词的火焰

[廊 亭]

廊亭飞檐是青色长墙的睫毛
它斑驳的廊柱，色彩在演习光阴
剩余的价值
它深陷的内部，就是步道的
眼睛，深邃的空无——
两张座椅：
朴素的等待，诚实的期许

它留白的部分，意味深长
一个小学生
书包斜放在旁边，他坐在那里
就是时间的一部分，就是最真实的
漆黑的瞳仁，滴溜溜地
转动着寂静

俗世与孤灯（组诗）

◎郑小琼

[窗 外]

秋天在树枝上生长，山下的荒径、石头
溪流的轻烟，山间的清风，固体的灵魂
易碎的、柔弱的肉体和光线在聚合
一只飞蛾在焰火中写下的巨著
栎树张开翅膀，青涩的浆果
像一个词语跳跃、停顿

孩童在窗外经过，他们双眼清澈
鸟在天空死去，岁月在草木中腐烂
秋风时时吹拂，鱼从水里跃出
诸多的细节，我们一无所知
我推了推身体里疲倦的欢愉
秋天从白菊的额头经过，而我
在此处，而你，在彼处……

我们穿行的城市，黑暗攀缘的黎明
迷恋天空的飞鸽，薄雾的睡眠
我们曾有过的孤独、哭泣、欢欣
如今，万物各居其所，剩下
一群星星在我们的肩头披满光线
从它里面流淌出来沉重的哀伤
此刻，秋天在窗外，闪闪发亮

[秋 日]

时间磨损得光滑的石头、我、门把手，
秋天的荨麻草，细雨塘中的残霜瘦水
红荷渐远，深泥里龟与鱼的预言
苦枣树朝着天空与家的方向走动
树叶窥探夏日傍晚的井与裂痕的云

一匹寂静的马靠近白色的泥墙
雨靠近篱笆的枝条，牵牛花举起
小小的火焰，一只无人知晓的鸟
用清脆的嗓音敲打溪水的门
它用古老的歌把我从午睡中唤醒

一阵不曾栖息的雨，我还没提及的
童年，木芙蓉样的叶片水井边的雀声
我的目光投向十月忧伤的花楸树
独自生长又兀自凋零的黄色素馨
小小的灯笼照亮磨损的风与疼痛

[二 月]

我在黑夜拾起石头，又扔进黑暗中
像野鸽子在屋顶上咕了一声又飞走
推开二月的走廊，遇见白色的解梦花
从蜂群的气味中辨认阳光与春天的
昨天剩下一小撮余烬，寂静的光与影

潺潺流水描述远方的山冈、飞鸟的翅膀
牛蒡草的小径布满，雾：绸质的忧伤
黎明读寒气在窗玻璃留下的信，它张望
露水沿屋檐落下的艺术，坠入田野的星辰
榆树在院外近乎驯服的美，迷茫的木芙蓉

爬满碎石花坛，白昼在院墙变幻许多面孔
长尾莺眼瞳深处藏满色彩斑驳的酢浆草
想象一个古典主义的清晨，李白或苏轼
汉的天空布满唐的流云，初阳越过院门
沿肩胛布满全身，呵，二月，春已降临

[表 姐]

黄昏，李子树与灰喜鹊投影在门扉
河畔的茅荑花流淌出秋天孤独的深意
令人失望的沼泽般黎明，她不曾发现
沙洲的野天鹅，它的叫声沉默而冰冷
她在窗下读着凤凰木炽热闪亮的气息

她用望远镜打开墙上的窗，苏小小般的
明月、船和棕色马，她想象红纸窗花下
像水般涟漪的细节，在树林，一群人
滑向悬铃木般的记忆，珍爱的三桅帆
水边翠鸟的绿上衣和亚麻色的秋天

从表姐深邃的眼里读着灿烂而斑斓的
远方，香蒲草般的梦幻，没有谁在意
她微笑的痛苦、哭泣和空洞，离乡的
火车和乌云，黑暗中流水的恬静，哦
我还不肯原谅客死异乡的长庚和灵魂

[奇 迹]

在枝叶灿烂的夜晚，一颗冥想的星星
遇见白杨华而不实的思想，葡萄藤下
王维的天空青翠而温暖，远方隐忍的
群山和初秋，暮色拜访了孤独的银杏
幻象的波涛拍打岁月的岸与竹林的蝉

落叶屈就于石榴般的日子，我的悒郁
分蘖出青苔上的鸟迹与消瘦的栎树林
鹧鸪鸟在远山采下百合般潮湿的禅意
斜坡顺低垂的云雾进入庭院，它静谧
强大的生息，秋日孕育新的物类和美

噢，月亮升上后山，鲤鱼跃入大江中
院里的鸡冠花盛开，啊，奇迹正发生
鸟飞过雾，蝉在蜕壳，生命围绕我们
充盈如满月，向你倾倒我全部的身心
呵，月光落在水湾里天鹅羽翼的重量

[给 L]

你的白马在啃草，我的江南在消瘦
白露伸入庭院月季的梦，稻草般的
远方呕吐出你的青春和勇敢，月桂
在峡谷闪耀，它长成强有力的风景
柔弱的枝条浓烈的理想，冷冷过时

明月躺在你的身体里，贫瘠又荒凉
啊，失眠的秋天带来枯萎的铁栏杆
去年寂寞的铁树在开花，万事琐碎
水杯取出泥泞的俗世和雷声的残迹
用猛虎斑斓而凶狠的比喻写封情书

你在狭长的街道吹笛，那边，大雾
从细雨的街道升起，打开向北的窗
圆拱形的夜晚盛满了槐蓝色的思念
鱼与鸟徒劳地撞破海平面，我守候
远方带来的花瓶安放波澜壮阔的心

生活的平衡大致如此（组诗）

◎李铣

[初夏的雨夜]

雨夜，蚊虫不再叮咬
湿漉漉的慢，由屋檐跌落
打湿孤寂的荣誉
思想家的思想也遭遇泥浆

远道而送的咖啡还在路上
隔壁噪音渐停。安眠药失效
前半夜的梦，有杀戮袭击
直刺脆弱的心脏……
后来，我进入下水道，静悄悄地流
出口：竟是杭城西湖的明亮

[爱屋及乌]

等我爱过你
爱过小餐馆你坐后离开的木椅
爱过你途经的鲜花簇簇的大街
爱过阁楼上你啜饮香茗的茶杯
爱你曾经触摸的油菜花，正在返青
——爱你，及乌（不是乌托邦）
我才怀揣简单的宇宙
眷恋那些远方和诗

[老妈和女儿]

没喝酒时，真想
抱着你们笑；
喝了酒，抱着你们哭泣。
——冬风轻柔，追问——
为何呢？瓜娃子
生活的平衡大致如此

[我被想念追逐]

我被想念追逐,直达洱海边
暴雨如注,看不清对岸的葱茏
假设纵身一跃,星星也会消逝
彝歌说:"想死人的坟墓没见过。"

任由它吧。研究一下想念史
古今中外,苍山之上
常常明镜高悬
爱情的铡刀和惊堂木
对准并敲响
麻木而温柔的头颅……

[上路的客]

一种生活正覆盖另一种生活
解构并架构
小心脏如坐过山车,飞越
千山万水,降临在隐秘的草原

支撑起帐篷。深夜有僧人敲门
问客从何来?

我从故乡的字库塔中来
拿出半截未被焚毁的旧稿
——以此做证;遗传的相貌
也像个知识青年

西风漫卷,吹奏净地的时光
把我团团围住。哑然……
但内心明了:一生的逻辑性
重新上路,且作路演

[童年,重新落入人生]

转弯啦!有点快
前方翠绿叠嶂
抛出一段未知的风光

城市移动,渐渐碎片化
思想的雕塑站立着
人类雕塑的思想

去山林中,与虎豹为伍
与枯叶蝶和墓碑对视
讲故事给阳光、露珠们听
展示"四两拨千斤"的力量

老去了筋骨,肌肤覆盖白霜
"青春"这个字眼很怪,像内心的刺
久久不肯离去,在窗门前复苏
童年:重新落入人生,东张西望

[山水或历史见证者]

山水被发明为风景
山水就消失了
粉黛乱子草扎上头绳
月亮掉进迷雾的深井
捧起莲花般的岁月,却心生背叛
当那些河流、山脉和宏大叙事
从面前匆匆走过
它们已经变得陌生

独白与对话

现实主义精神的传承与创新

Mono-Dialogue

Cao Tang

诗人，大地之上的漫游者
——论诗的现实及其辩证关系

◎夏 汉

近日，重读罗杰·加洛蒂《无边的现实主义》，尽管对于其政治的愿景不屑一顾，甚或于天然的反感，但就其诗的现实观却颇为赞赏。事实上，现实主义这个文学术语由来已久，在席勒的理论中就已经出现了，但其渊源可溯至古希腊与古罗马——其核心指向是自然或社会生活，并做出描绘；这里摒弃想象力，主张细密观察事物的外在且据实摹写。譬如，荷马在《奥德赛》这首诗里，就已经如此写到："忠实地依次唱出阿卡亚人的遗愿，／他们的所做所历，他们所受的苦难，／似乎你亲身在场……"这就有了近乎于遵循现实主义的描摹。[1]在西方晚近的批评术语中，这是一个尴尬的词语，被认为是"直接反映物质与社会世界"的虚假与创造的抹杀，因而被托马斯·哈代讥讽为"一个不幸的含混的词，在文学界被当成一声吆喝"。[2]考究汉语文学中的现实主义，要追究到五四新文化运动——那是始于小说而波及诗的表达。现实主义是从写实主义派生而来的。在与浪漫主义的论争后，而居于重要地位——直到今天仍拥有相当雄辩的——和政治化的——说服力。我们从"唯物主义，即艺术中的现实主义……"[3]这个说法里似乎可以领悟出其出处——这里不排除某种意识操纵下的指向，有着虚妄的意图，以至于被教条化。譬如当年苏联的文艺理论家，曾经把颓废的表达排除在现实主义之外，显然就是一个被意识形态化的说辞，[4]正源于此类情形，故而也被韦勒克称之为"拙劣的美学"。本文意不在此，而在意于由现实主义派生出来的诗的现实及其辩证的关系。

1

在客观存在的事物或事实——现实面前，我们几乎是没有疑义的，就是说，就现实而言，大地上的存在：自然界与人类是基本的现实，自然界或可细化为大地、动物与植物，以及天空所涵括的一切物象。在现代科技视野里，显微镜下的微小物体似也是一种自然物质。而人类及其发展产生了社会——这里既有现实社会及其物化的一切，也有作为文明的历史；同时，人的劳作产生了各种工具、机械、建筑物与书籍——那些包括宗教与艺术的文化。所有这一切，皆为我们面临的现实——甚至于由此而来的幻觉征象、记忆与梦境也可视为诗人所面对的"现实"，如此，则诗的写作行为及其文本自身也构成一个现实——这源于现代诗的写作可以反观写作自身，或可以经此在的行为作为现实显现于诗行间。而自从有人类以来，作为一种生命力的审美与想象的诗歌，就是面对这一切而歌唱——这个世界现存的诗的文本证明着还将继续证明。而曾几何时，在写作中，现实被狭隘化了，不妨说它只缩减为眼前的社会现实及其生活；与之相对应的，反映这种现实则成为一个诗人的本职与唯一，否则就是脱离现实生活而被指诉——而且一个时期以来，几乎是无可疑问的文学政治或颠扑不破的真理。

在诗学上谈论现实由来已久。然而，在诗里，现实是什么？或者说，诗里的现实是什么样的，则是众说纷纭。记起乙未清明期间的"第一届杜甫国际诗歌节"的研讨会上，就这个话题，各路诗人同抒己见，煞似热闹。沈苇谈到了杜甫的诗与现实，引出罗杰·加洛蒂在《论无边的现实主义》里使用的核心概念，而他的两个派生概念引起我的思忖：万丈高空与掘地三尺——即是说，现实可以在如此广阔的范畴内，以至于无边无际。这样说，天地之间岂不都是诗的"现实"。到了晚上的音乐会演出前，臧棣的一番话更让我思考良多，他是从对现实的解构开始的，他说：现实原本是西方文化的一个概念，传播过来，既没有给汉语诗学带来精致，反而是个误导；在杜甫的时代，实际上没有现实的概念，唯有天地间阔远宏大，再就是诗人的情怀，云云。说实在的，我颇为认同两人的说辞，他们对现实的审视、阐释乃至于颠覆，对于今天的诗的写作颇能带来活力与触动，对当下现实的诗学也无异是一次有效的松绑之举。

综观汉语诗发端以来，对现实这一视阈并非没有实际问津，历代诗话并无确然也不可能类比。这个概念是从现代西方传承过来的，国内尽管也有诗论涉及，但它几乎是红色隐喻的专利，以至于渐变为当代汉语诗学的藩篱。一部中国诗歌史，那些诗歌之中的精深博大，岂非是现实或浪漫所能容纳？那丰厚的语言之象"使一切成为可能"（福柯），或者如马利坦所言，是诗人对于世间万物的"投射"，如此我们才拥有了瑰丽的诗歌文化。

在维科的视野里，语言被看作人类起源意义上的存在，而赫尔德也认为，诗歌是人类真正的母语，原始诗歌是语言、神话、宗教、历史和谐的交织，是先民们创造的一个神秘的富有魅力的人文世界。[5]乃至于被沃尔夫称之为"言语是人类上演的最好的一出戏"。

如此看来，语言（含括诗）作为人类存在的基本方式，生活经验就在语言中，正契合了海德格尔所谓的"语言是存在的家"，以至于伽达默尔认同的"能理解的存在就是语言"。由此看来，语言则是我们面对的颇为显在和全息的现实——尤其在纯诗的倡导者与实践者那里，其所面对的现实就是语言和词语，他们在这里寻求诗的发生与述说的源泉。

说到底，诗人们在诗里或许没有把现实强加给读者的预设，而耽于自我想象的词语实现，故而才被读者诟病为诗里"现实"太少。其实，诗的全部蕴涵及其形式皆构成现实，只是不被认同而已。那么，就不妨效仿一下温茨洛瓦，他是一位试图对其读者施加影响的诗人。他以为，诗歌并非一种消抹自我的行为（尽管这也是一种可行的方法），它是一门强制性的艺术，欲将其现实强加于其读者。一位试图向读者陈述现实的诗人，应当将其陈述塑造为一种语言必然性，一种类似语言法律的东西——韵脚和格律，就是他达到这一目的的武器。正是有赖于这些武器，读者才能忆起诗人的语言，并在某种程度上开始依赖这一语言；也可以说，他注定会服从诗人所创造的那一现实。[6]

2

既然现实的概念源自域外的引入，那么，就不妨寻求西方诗人的谈论及其实践，以佐证诗的现实的神秘关系，或者在这些说辞中，以窥测诗归结于社会现实的分量。或许，那种拥有说服力的例证大约会验证对于现实的形变与想象——那种歌德意义上的对于现实真理的想象的回应。

在西方诗坛，恐怕没有哪位诗人能够比得上米沃什的诗更接近现实了，但他在一篇回应性文章里居然说，我曾经反对诗歌中的任何新闻关注，而在这方面并非只有我持这样的态度。同时还以不屑的口气说，"客观化"如今是一个时髦词。由此可以感觉出来其对于现实的过分追逐的反感。在他经历的年代，战时的现实是一个重大题材，但他却认为，仅有"重大题材还不够，甚至反而使得手艺的不充足变得更可见。尚有另一个因素，使艺术显得难以捉摸。高贵的意图理应受到奖励，具有高贵意图的文学作品理应获得一种持久的存在，但大多数时候情况恰恰相反：需要某种超脱，某种冷静，才能精心制作一个形式"。这正说明眼前的现实并不是诗人的全部兴趣与需要，不妨说，有些现实素材往往并不能被诗立即处理，乃至于某些残酷的事实要在几十年以后方才能够转化成诗的文本——譬如波兰女诗人安娜斯维尔在战争期间，曾经目睹与参与了所在城市的战事及其惨烈的生活，多年后也力主把这些经历写成诗，但没有获得成功。直到三十年以后，才找到令她满意的表达形式——从而验证了"被记忆的现实，是至高无上的，并支配表达手段"这条写作的规训，[7] 不啻说，侧重于主观的见证——却可能是真实而伟大的。

我们似乎可以如此说，诗人只在意那种让自己刻骨铭心的现实，譬如在纳粹德国的集中营里，保罗·策兰目睹了父母的惨死，本人也经历苦役与逃亡，所以死亡便构成写作中的现实。但即便如此，他也没有沉溺于这个主题，在写出《死亡赋格》之后，反而沉入自我的"愧疚"之中。随后便以一种"更冷峻的、更事实的、更灰色的语言""不美化，也不促成诗意"的写作，而融入更多、更宽阔的"黑暗""断裂"和"沉默"的普遍性沉思之中。曾被巴赫曼赞叹为"词句卸下了它的每一层伪饰和遮掩，不再有词要转向旁的词，不再有词使旁的词迷醉。在令人痛心的转变之后，在对词和世界的关系进行了最严苛的考证之后，新的定义产生了"。（王家新 译）

在布罗茨基的自我认知里，尽管"历史善于将其现实强加于艺术"，但艺术依然是抗拒不完美现实的一种方式，亦为创造替代现实的一种尝试，这种替代现实拥有了各种即便不能被完全理解、亦能被充分想象的完美征兆。他坚持认为，诗与生活之间并无相互依存的关系，恰好是一首诗相对于生活的独立性才促成了此诗的诞生，否则便不会存在任何诗歌。一首诗作，说到底亦即一位诗人，是独立自主的，任何转述、分析、引文，乃至导师的肖像甚至作者本人的肖像，均无法取代其创造。因而，布罗茨基主张在诗中要让读者感觉不到某种悲催生活一丝一毫的歇斯底里，作者应该对其命运的独特性不做任何暗示，对读者会自然产生的同情亦无任何的奢求——如此，则可以使读者摆脱对他们所知现实的依赖，使他们意识到这一现实并非唯一的现实。而正是由于这一原因，现实总是不太喜欢诗人。[8]

在史蒂文斯那里，则向往着最高的虚构——无疑，这是一种想象力的现实。他几乎在意于比喻的"不真实性"——这是从《斐德罗》里，柏拉图的一个关乎灵魂的比喻生发出来的一个结论，他如此写道：不真实的事物有它们自己的一种真实性，在诗歌中和别处一样。我们毫不迟疑地在诗歌之中就让自己向不真实者屈服，在可能让自己屈服的时候。他还列举了如此的喻体与客体的完全的不真实，因而被柯勒律治誉之为"华丽的荒谬"。能够看得出来，这种冥想中的取之不尽的事物并非来自户外的现实。于此，我们便认同了克罗齐的观点："诗歌是冥想的胜利。"同时，史蒂文斯把这种想象与现实关系的失败归之于"现实的压力"。[9]而不同的是，作为"在幻想创作上超过了博尔赫斯的所有作品"（哈罗德·布鲁姆语）的费尔南多·佩索阿看似反现实，他认为"存在是不必要的"，而实则拥有最大的现实——宇宙。他在《感觉主义宣言》（程一身 译）这篇文章里如此写道：感觉就是创造。感觉就是无观念地思考，从而理解，因为这个宇宙是没有任何观念的。这意味着他把整个宇宙作为"现实"而去感觉——创造。"感觉是神圣的，因为它们使我们和宇宙保持着关系"，"感觉径直写在物体的曲线上"，把感觉（看，听，闻，尝，摸）看作"上帝唯一的指令"——这种大宇宙观不期然而然地与我们古老的汉语诗歌写作不谋而合了。

3

我们似有必要遵从布朗肖的"文学并非现实，而是保存非现实观点的实现"的教诲，故此，我们大可不必再纠结于狭隘的现实感或担当的负累，只要语言抵达了美与真相，富有意味与精神的强度，那就是诗。或者我们不妨借用圣琼·佩斯在《诗歌：在接受诺贝尔文学奖仪式上的讲话》（冯征 译）的说法：不论科学把它的疆界推得多远，在这些弧形境界的整个范围内，我们将一如既往地听到诗人的一群猎狗的追逐声。因为如果诗歌即使不标志着通常所谓的"绝对现实"，那它无疑也是最接近现实的一种激情，是对现实最接近的一种理解，达到相似的极点，在那里现实仿佛可以从诗歌中认识它本身。

有时候，我们不必要过于逼近现实——就是说，诗人并不满足于现实的实在性，诗人是"放牧未来"的人。罗杰·加洛蒂在《无边的现实主义》序言里列举了一个事例，曾经引起争论的马雅可夫斯基颇为夸张的讽刺诗，曾经不被认同或不承认是现实——尤其那些当事人，缘于诗的巨大的变形以及不再"真实"，而事实上，那恰恰构成了一种在未来的某一天就成为一个显明的"历史现实"或那个经得起时间考量的蜕变的"真实"。在不同的语境里，我们能够说颓废也是一个现实，乃至于丑恶的、无聊的等皆可构成现实的一隅。在极致情形里，黑暗与龌龊也构成现实的一个内容，譬如圣琼·佩斯所在的听凭"希特勒主义泛滥"的时代——但只要它们置于审美的转化而拥有诗性。

"诗歌越来越不屑于模仿或表现现存的一切，而要创造和赞美一个更为现实，更为真实的世界。"（罗杰·加洛蒂）我们不妨这样理解，现实并非诗的唯一，只是其中的一个参照或元素与材料而已。诗人还有更多更宽泛的领域要去开拓。乃至于对于人们眼中的现实，保持存疑的"不感兴趣"的权利，因为诗人拥有在艺术创造中"重现其现实"

的诸多手段——诗人的新思燃亮现实的深渊，诗人的想象力与"天启"所拥有创世的伟大。

我们看到的另一种情形往往是，写作中的现实并非是其全部，在诗里或许只是某个细节与侧面——要求全部呈现那是哲学的功效，并不属于诗学的范畴。但能够肯定的是，诗人在诗里产生的或许比他经历的更多——那是诗人主观的独特性反应，不需要对应全部的现实或时代，这就是艾略特所谓的"白金丝的存在，产生化合作用"而促成诗意的蓬勃发生的寓意。说到底，诗人不在乎现实的多少，而在乎诗里实现了多少——产生多少新的现实。也可以说，他是自己存在的开拓者，将平庸的现实素材转化为诗的神话——诗人的现实愿望包含比实际生活更多的东西，那意味着是一种创造的新生命的威严。

在写作中还有一种情境，那就是长期浸淫在欲望与焦虑的极端状态，往往会在回忆与梦中实现了对于现实的变形与夸张的"歪曲"——既有根植于人类集体潜意识的梦想与族群内神话的发酵，也有一种自我心灵传记的梦幻刻痕，所有这些或许更加近于诗意的"真实"——那是一种"辩证的超越"，是缘于在伟大的诗篇里，植入了一个新的对于现实觉察的新尺度。

同时，我们倾慕的自然永远是诗人的现实与此在，而在自然面前，人唯有深信神的赐予，唯有歌颂。乃至于我们的写作都是对于自然美的一次靠近。马利坦有言：只要一涉及美，被人们观察到的首要事实就是自然与人之间的一种相互渗透。而且，它们被神秘地混合在一起。[10] 那一刻，面对自然的一切——凝视、想象它们的外在与内在生命的神秘，一种榨取心驱使着，那不啻是一个审美性获得的初心，其结果便是形成了属于诗的东西。大自然自身原本有趣，其内部形态与机能自有其奥妙，那份玄奥带来的审美情态或许有着大美不言的默然，一个诗人能够体悟出来，以描述乃至诉说也会富有神秘的诱惑。故此，在这些诗里，未必要过多的技艺的渲染与刻意，唯期许一首诗在安静乃至不动声色中完成。

假若我们的写作一定需要有个现实，那么，我们的生活即是——或者说就从生活开始，我们乐于听任生活（包括一切）的摆布。这也是写作者的美德。这是始于自然、人类的一切——经由想象力的感受，以及梦幻而构成诗人内心的传说。其中，爱是诗人心中永久的现实。那里有着熟悉的陌生，永远的新奇与魅惑的新大陆，乃至于构筑诗的宗教。记得诺瓦里斯曾经如此表述："诗歌是真正的、绝对的真实。这就是我的哲学核心。越发有诗意，就越真实。"施莱格尔也回应说："没有诗歌就没有实在……一切事物都向心灵的魔杖敞开自身。"[11]而按照莫里斯·哈布瓦赫的说法，只有依靠社会记忆的框架，个体才能将回忆唤回到脑海中。[12]故此，诗人一刻也离不开现实，或者说，诗人总会在现实中实现其写作的可能。因而那些担心诗人脱离现实主义的心思就大可不必了——由此而来，我们则意味着在真实的圣域面前，与现实达成了一致。概言之，唯有坚信人的胜利——那种文明与成就的确信，或许这是对于现实最乐观的想象和从中获得的灵感，也让写作有一个拂晓般的动力——达至梦与远方。最终，诗人才拥有海的宽阔——显然那是一种"无限与圆满的渴望"境界的到达。

注：
[1]《欧美古典作家论现实主义和浪漫主义》第3页，陈洪文译，中国社会科学出版社1980年版。
[2] 安敏成《现实主义的限制》第4页及其注释，姜涛译，江苏人民出版社2011年版。
[3] 罗杰·加洛蒂《论无边的现实主义》第173页，吴岳添译，百花文艺出版社1998年版。
[4] 同上。参阅241页《苏契科夫：关于现实主义的争论》。文中有化用，不再一一标示。
[5] 徐春英《走出言说的禁地：维特根斯坦语言哲学思想研究》第64页，中国社会出版社2011年版。
[6] 布罗茨基《诗人的起步之处，正是常人放弃诗歌的地方》，刘文飞译。载《世界文学》2011年第4期。
[7] 切斯瓦夫·米沃什《站在人这边》第362-384页，黄灿然译，广西师范大学出版社2019年版。
[8] 布罗茨基《诗人的起步之处，正是常人放弃诗歌的地方》，刘文飞译。《世界文学》2011年第4期。
[9] 史蒂文斯《最高虚构笔记》277-283页，陈东飚译，华东师范大学出版社2009年版。
[10] 雅克·马利坦《艺术与诗的创造性直觉》第16页。刘楠祺、赵四译，三联书店1991年版。
[11]《马克思与浪漫派的反讽》第31页，维塞尔著，陈开华译，华东师范大学出版社2008年版。
[12] 语出莫里斯·哈布瓦赫《论集体记忆》第303页，毕然、郭金华译，上海人民出版社2002年版。

大雅堂

Selected Poetry

Cao Tang

青少女、富婆与冬至母亲（组诗）

刘洁岷

[青少女、富婆与冬至母亲]

在所有的少女中我关注南方的少女
特别是，中年乃至老年的青少女
就比方说那是发生在蚌埠或者汨罗的
一家叫维景的新酒店，酒店的大堂
干净柔和的笑容是从那 3.5 英寸软盘上
存储的照片文件夹里下载而来的

在所有的富婆中我留意东方的小富婆
她无疑是富婆中最穷同时最苗条的
还是跑得最快那位，黑大衣裹着闪电
在一树二月初的粉红梅花下停止了飘荡
就等于是粉色云霞在摇曳着奔跑，又猛地
立定在她的面前：花瓣窸窣飞离花萼

在所有母亲中我热爱餐桌西北角的母亲
假牙、高度近视和含混的会话练习
傍晚我看到雪白的头颅下的一道阴影
那是冬至的经历了一天的沉寂后的表情
她、父亲和我，我们开始饺子晚餐，这是
我小时候的万花筒里充满魅力的时刻

[鹿柴，和王维]

孤零零的山
怀才不遇的人
绿色的阳光在枝丫间
没人也没有人说话
但有说话声，山不是山
是声音汇集而成的堆积物

遇见冻僵多年的爱情
将神色和心情调亮点点
一头鹿，在远处火车上歇息
人沿一条不通向何处的便道行走
在中途回来，眉眼里残留
一场隔年棋局的怒意

孤独就是一个人在睡梦里打牌
月光通过倾斜进树林的角度
来修订苔藓上的青色
山、第一人称叙述者以及
梅花鹿的斑纹一直处于
显现与映照之间

[少年游]

当家才知油盐贵
才无视街角天边的风景
乌泱泱积雨云
沾有梦呓的床单晾在空地上
双臂张开，头部后仰，飞在空中
狂喜与从容的汗滴曾像从玻璃
一样的皮肤里渗透出来

养儿才知父母恩
太阳从半空垂直坠落光线迸散
搜肠刮肚地回想从前的慌张和陶醉
临近退休将要赋闲的少年
听水龙头嘶嘶声，下午的浮力

侧卧的女人曾是云端星空的裸女
他已是把自己排成队列的人

[默 念]

点燃的绿色
略带水粉的灌木
把人惹得有些恍惚了
哭笑得自己什么都看不清
搬家才知东西多,把家搬远
这是否需要请示到海边出差的妻子
远到有自带抽屉的动物的地方

恋爱才知欲难安
就像贾导电影里的女主人公
咬着的嘴唇上反而是温和的眼睛
早已忘记可爱是校园女生的标志
缓慢地告诉虎斑猫以差点儿失传的母语
海上来的风吹拂建筑和车辆的蓝色和金色
风过处是你淡得像纸一样的人影

灵魂的容器(组诗)

朱 零

[泪奔如岩浆喷薄]

泪水也有力量吗?如何
区分它的甜蜜、苦涩
这些欢乐的泪水,忧伤的泪水
悲恸的泪水
喜极而泣的泪水

来自哪里
去往哪里
它们与深埋地下的岩浆
是否含有
同一种喷薄的理由

一个把脸深埋掌心之人
泪水沿掌缝
向外滴淌
大地因此而湿润
如同惊蛰之后的雨水倾盆

一个仰面而卧的人,泪水
从他的眼角
滑向耳际
消失在凌乱的白发中
另一些滑过鼻翼的泪水
随着抽泣、耸动
而四处飞溅

我看见那个跪在坟前的人
号啕,双手掬地
泪滴禾下土
乡村的坟地只是一个土包
他穿着半旧的西装
像一个离家已久之人
跪在毫无标记的坟前
顾不上拔草
那倾泻的泪水啊
像朝露附着于蒿草
像激流涌归于大海

当泪水流干
他是否又要远离
如果归乡是为了
把储积于身体里的泪水

悉数归还
那么他的再次离去
是否意味着决绝——
永别了，这个他爱得最切
又伤他最深的故乡

[魔幻现实主义的过去]

我曾厕身于倚门卖笑的妓女
吊儿郎当的诗人和当面一套
背后一套的掮客之间
那几年我身无分文
靠乞讨、接济以及短暂的街头卖艺
为生
我努力过，思考过，挣扎过
也绝望过，放弃过，自艾自怨过
那几年我蓬头垢面
指甲缝里漆黑一片
那几年没有一个姑娘喜欢过我
那几年
我是这个社会的一个脓包和毒瘤
虽然我不偷不抢
但我毫无价值
作为一个移动的活体吸尘器
唯一的作用是帮马路上的环卫工人
清洁一点微不足道的浑浊空气

那几年
我常幻想自己一夜暴富
梦想着妻妾成群
一边空腹一边梦想着满汉全席
梦幻破灭以后
我更加迷茫

那些年如在眼前
历历在目

你喜欢听我讲述那些荒唐的
魔幻现实主义的过去
那些年
你尚未出世，而我
恍若已过完一生

[赤脚医生]

赤脚医生背着一个药箱
独自行走在乡村公路上
这年头，已经很少能看见
赤脚医生了
人们生病了，首先想到的
是去大医院
去省城，去京城
死，也要死在大地方
哪怕花光了积蓄
哪怕负债累累

他不急不忙
是啊，那些病重之人
有钱之人，有门路之人
早就去了大地方
留给他的，无非是些
孤寡老人、行动不便者
经济窘迫者
一些慢性病，一些
久治不愈之病
一些一时半会儿
还死不了的病

药箱里有一把手术刀
有一卷纱布，还有消毒用的
两瓶碘附
有一个病人的伤口
暴露在尘世里，好久了

他没有钱看病，这两天
伤口开始化脓了
他害怕了
托人给医生捎来口信
问医药费能不能先欠着
等他儿子过年回来
再给还上

这个早已过了退休年龄的
赤脚医生
对这一幕已经见怪不怪
这是整个村子给他留下的
唯一一个病人
他一边走一边想
自己除了会给这个病人包扎伤口
面对这个陈旧的农村
面对这块喧嚣又沉寂的土地
他的药箱早已经失去了作用
他不知道该用什么
来包扎这个创面上的村庄

[旅途与泪水]

生与死
命运的悲喜剧
活着，我们欣喜
泪流满面
死去，亲人们痛哭
泪流满面
泪水伴随着我们的一生
如此丰沛的泪水
在身体里的重量
超过了骨头和血肉的
总和

我骑马穿过草原
向死而生
在整个旅途中
我要储存下我的泪水
一滴都不能流失
在没有找到目的地之前
在没有找到你之前
在没有找到源头之前
我舍不得哭泣
我必须强忍住这巨大的悲苦
亲人们啊
我不能过早地
让你们为我痛哭

黄昏更适合爱的表白（组诗）

龚璇

[斯特林堡最后的半张纸]

我的笔，就是我的武器。
——斯特林堡

还有什么没有写完的呢？仅剩半张
淡黄色的便签纸上
工整的，歪斜的，潦草的字迹
她的名字，银行的电话号码
甚至租车行，鲜花店，杂货铺
以及药房的琐碎事
棺材的图案，以及葬礼的安排

一切就绪。空白处，搁置的笔
忧郁的底色，无能为力

这一天，斯德哥尔摩的街道
被夜空的积雪浸没
烛火里玫瑰色的暖意
越来越淡。熬过通宵的灵魂
赤裸着，为谁而挣扎？
这么美的地方，你想以老去的生活
再一次站稳脚跟，用隐形的月光
簇拥慈悲，俯瞰冬日的草木
谁，能明白你的孤僻
从不点亮的那盏红色台灯
此刻，仿佛自焚的火焰
正在燃烧一出未完成的梦剧
爱的种子，憧憬前世的绿荫

门庭人涌。比如我，踯躅你的书房
坚定地捏紧蓝黑相间的笔，想任性地
续写斯德哥尔摩的传奇
你不曾死亡，最后的半张纸页
没有停留的站名。下一站，还没抵达

[瓦茨拉夫广场的黄昏]

我，曾经想把忧伤揉碎
但此时只能小心翼翼
在疼痛的石块间
与流浪猫，虚度暮色下的路径

瓦茨拉夫广场，没有许愿池
梦想的灰尘，抱怨所有人的处境
谁，看见马拉的灵车，以及愤怒的往事

卡罗利努姆宫还在
伯利恒教堂还在，火药门楼还在

它们从不释义低语的爱
疲倦的网，软弱无力
难以破解时间的咒

那个波希米亚少女，站立的十字碑前
一束鲜花，藏着生命的光影
在地下，你看得见，我却看不见
没有月亮的黄昏，两个人的名字
断开的字母，谁能连贯一体？

我只是一个旁观者，戴惯墨镜
但读懂了暗处的光。这个黄昏
没有冷漠的人，更适合爱的表白

[巴黎，阿赫玛托娃，或情殇]

你让我着迷。
——莫迪里阿尼

居住在巴黎。我，暗恋的情愫
一触即燃。轻缓的行踪
从卢森堡公园，穿越梦的树丛
青翠枝叶，捕猎爱的呼吸
我以为，一生的游荡，即刻而止
因此，从夜莺的颂唱中
把彻夜的台词，译成经典的记忆

用铅笔素描的身姿，敞开全部的线条
有人想放空自己，让夜的伞骨
收拢疲惫的雾霭。惊慌虫鸣
也躲闪不及。看着火花的眼睛
我，铺开诗卷，释放字词的春色
触感灵魂，吟诵世界上最美的情书

谁也别想逃避。星空纯净
与月光修辞轻柔的美

夜半的视野，不着墨的某个地方
谁，手执玫瑰，陈述内心的独白
几近绝境的心念，打落巴黎的雨
湿漉漉的步道，时间之花
只剩伤情与悔恨。我，何去何从？

真相，应该是透明的。捉迷藏的游戏
我，甚感陌生。无涯的黑
哪会有前景可往。真实的欢笑
更是遥遥无期。相近时，无人惜缘
离远了，又涌动残忍的爱意
什么样的心迹，才能识别焦虑的暗码
爱情入口，被繁枝捂住
眼中的悲伤，默不作声，刺痛老去的时光

我哭，因为彼此拥有的秘密
谁，能揭活爱情的欲望
有人为塞纳河注音，我只想知道
一滴泪与流水的去向

[贝 拉]

不论谁喊我，我都能听到你的声音。
——夏加尔

我，喜欢在天空散步。一种轻盈的飞跃
与光的闪变，荡漾天地钦羡的爱
维捷布斯克的深蓝，迷恋激情之花
鲜艳。温馨。陶醉。美丽的鸟瞰
使幽浮的情景，疯长爱的翅膀
云之上，时光刺眼。我，瘦削的情绪
只能迫降梦的屋脊

谁，抓住一只鸟，暗示未来的天命
带花束和酒杯的二重肖像

我，不想提起。埃菲尔铁塔旁的婚礼
早已成为欲望的街景。被时间
掏空的表情，也只能为幸福的感官
悸动灵魂，奇妙地，繁衍缘分的云朵

我，终于可以和你一起。在童话的插页
画下一对明亮的眼睛。火焰似的记忆
渗透城市的空间，炽烈的光芒，漫散无边
从最轻的呢喃开始，找出耳根边的密钥
我懂得，凝听的魅力
不论谁在喊我，都能听到爱的声音

生活在高处（组诗）
章锦水

[羲之鹅]

羲之鹅，守着兰亭。
自东晋至今，它们的长脖一直摆出
二十个"之"字的不同形态。
先是《兰亭序》模仿它们，成了经典。
而后，它们奉"之"的笔法为圭臬，
每一个动作皆有出处。

很多年前，我来池里喂食过它们。
右军不在，柴扉是开着的。
我的行囊里装着书法的要诀，
因此，岸上观鹅显得有些如饥似渴。
我的手指在空中临写，
鹅群一齐挥翅，有如热烈的掌声。

其实,羲之与鹅在千古的章法里
计黑守白地活着,被我们称为"书圣"。
我们总喜欢把彩色的世界颠覆,
用一管竹笔,还原为简古的黑白,
并把我们臆想中度过的好时代,
确定在永和九年。

[沈园遗怀]

半壁亭冷寂,刚好可栖一只孤鹤。
远游至此,我歇下了中年疲惫的行囊。

读《钗头凤》那年,我情窦初开。
而悲切的词,差点掩闭青春勃郁的大门。

多情应笑放翁,一生的"错"都在情上。
一生的情都宿命于"莫"字。

纵然词好,挽不回命运的安排。
山阴道上的崎岖,需要扶杖彳亍而行。

当我转至题诗壁,诧见欢闹无比。
情侣忙着秀恩爱,未及细读壁上的泪痕。

[历山:生活在高处]

一场暴雨后,珠坑树叶上的雨珠
都已跳落到坑底的涧流。
桃花水母悠游于水面,闲庭信步。
石蛙吞吐着潮湿的空气,
捕捉被雨淋湿翅膀而显得笨拙的小虫。

珠坑往上是历山。是竹的海,云的海。
舜帝的耕牛在坡上咀嚼着青草,
千年等一回,等着主人的耕作口令。
云上的梯田,种着无根的白云。

随风一吹,飘飘忽忽,像蒲公英。

我想乘着犁铧巡视天上田园,
历山,是生活在高处的现实样本。
不与俗世接壤,不与尘埃为邻,
种诗得酒,煮茶成癖。
即便孤寂也有一种旷世之美。

[夏日,静庵访马兄]

静庵淳朴。
杂草与卧石共生,山林与旧木同栖。
云停山冈,霭绕屋脊。
一个不善于扫院的人,在落叶里挥毫,
在轩窗前写蕉。
且沏一壶茶,把些许的闲情与无奈泡开。
一碟小楷,一碟收藏的老宅,供以佐茶。
饮下三言两语,仍然人世清醒的况味。
没有世外桃源,亦不是方外之人,
女儿的琴声,是最醉你中年的好酒。
忍不住握一握告别的手,山门关上之后,
你的背影是隐入芸芸众生之中,
还是隐入清寂的林泉?

[稻田守望者]

白岩下与雄鹰农场是两个豪放派的词牌。
稻田的战场里,开镰与打谷,
使这个秋天的"秀水舟山"有了金戈铁马。

久别的田畴,每一行庄稼居然毫不陌生。
躬耕垄亩,是我少年时写下的《诗经》。
关于乡愁,就是裤脚沾上的泥巴。

粮食,多么美好。我们的胃说服自己,
每一次虔诚的埋头饕餮都像饱满的稻穗,

向肥沃的土地深深鞠躬，表达我们的谦卑。

即便碗中酒，即便大雁飞过菊花插满头，
即便吉他与二胡悠扬在树下，
婉约浪漫也不属于我的乡村。

在精致的花瓣中，在蝴蝶与白鹭的翩跹里，
我看到的仍是一种大美。
空旷、阔远，高秋丰收的气质有一种凛然。

从城市到乡村，仅是情怀的距离。
稻田的守望者有岩宕一样坚毅的眼神。
投笔从镰，我是否有粮食喂不饱的饥饿？

［息峰摩岩石刻］

如何赋一座山以灵魂，
赋一壁顽石以诗性？

息峰早已在传说中停止了生长，
帝王的嫉妒亦鞭长莫及。

我们就是时间的刀斧手，
在这个崭新的时代，做一个造物主。

荷生于水，莲镌于石。
荷花落水中，莲花开石上，谁言会颓败？

几首明代诗，一篇当代赋。
把历史与现在焊接在石壁上。

摩崖是一面穿越的镜子，
可以照见大师们的匠心魔法。

深藏其中（组诗）

风荷

［飞不走的白鹭］
——致沃尔科特

在湖泊上面，点点帆船
飞翔着一只白鹭
那时年青，有挥霍不完的美

在长长的灯芯草丛里
安静着一只白鹭
它眼睛疲倦，开始冷静地追忆

当墓园路过春天，花朵准备凋零
一只完美主义的白鹭
驮来雪崩，它浑身的白像是留给自己的缟衣

谁说跟随时间的光而去的
只留下了虚幻之影，留下了清澈的目光

那里，不远处
分明有一个陌生的老诗人，有一座矮屋
有约瑟夫，有一群白鹭
正昂首阔步

那里，不过是上帝喝醉了酒
把人间这枚硬币，临时
翻了一个面

［读哈瑞·马丁松］

天空收走最后的棉朵，雨水吐出
黑色的籽粒。黄昏的旷野，风穿过大片橡树林

三月的诗歌与盛放的玫瑰
落入同一个镜头

端庄，大方。我迷上相片里的你
大理石般干净的脸和闭目冥思的模样
我也有你一样鲜红的回忆
是在梅边，是在柳边
冰雪在屋子前面的石头上融化

水流无声，她钟情的少年维特把烟头的星火
熄灭，而后消失在漫漫长街
她慈祥的祖父随一阵锣鼓走远
而后隐没在了开满鲜花的山路那边

良久，我合上诗集，默念你的名字
抬头，天空是大段的留白

[镜子]

这脆生生的词
带着冰冷的反光，这易碎的物件
却也从未出卖过她

儿时，在母亲陪嫁的梳妆箱里
两根乌黑的小辫，一张红扑扑的脸
像苹果，纯朴可爱

少女时，怀揣的小镜子藏着秘密
悄悄抹点口红，抹一下眼神就发亮了
抹一下脸羞涩地红了

后来水珠滑过她的蝴蝶骨，小腹，脚趾
女人的身体永远是谜
落地镜格外诱人

再后来穿过广场，扭头看玻璃墙里的影子

长发飘飘，气宇轩昂
再后来在别人眼里反复辨认自己

万物都在生长，镜子也不例外
而今，边角生锈的穿衣镜
终于与她的身子，她的脸匹配

镜子里外的人，正把头顶的白发拔去
那么细心，又那么隆重

[深藏其中]

无患子树泛光的叶子里
藏着很深的金刚

身体的疼藏在骨缝和肌理
殿堂里则涌出月光密语
沧桑的画面仿古，秋天的风也藏得很深
快要无影无踪

记得是一阵风将我带走，一阵风又将我
送回原地
一段箫声编织乡愁
湖水散开的波纹里藏着祖先的身影

和金黄色的野花互为镜子
忍住心潮起伏
忍住那些过于美的事物

走在黄昏的路上，天空将一大片斑斓隐藏
只有记忆在说话，某种柔软
来自大地的唇边

月亮之上（三首）

田湘

[月亮之上]

月亮之上全是旧时代的光芒
是唐诗的碎片，宋词的遗迹
残损之月似一枚薄薄的刀片
词在月光中闪烁，说着单相思
小怨恨，握着绝望之剑，却不割腕
"这世界是虚无的"
月亮之上一片荒凉
人变神，薄而轻，且虚幻

[立冬书]

现在，雪同意落日的想法
把火焰熄灭，在虚幻中
做一个发光的雪球
现在，雪批准落叶返乡的请求
离开树枝，在风中
完成最后的飞翔
现在，雪决定交出自己
连同假想的天空

现在，请读读这首诗，请记住
雪的空茫，并将这片
苍茫而单纯的白，悉数取走

[神秘之鸟]

一块空气里的石头，忽然张嘴说话
接着是一只鸟从林中飞出。鸟的叫声
神秘，不可捕捉，像在说出我的前世
石头落在我面前，那么轻。就像
我身体里的石头。出现，又消失
似从未来过。我轻声问自己——
喂，你好吗？你是否见过那块石头

小两口（外一首）

张世勤

刚回到青州时
归来堂里还充斥着一些朝廷的气息
理罢笙簧的李清照
对着菱花化了淡妆
并劝赵明诚，不管它，咱们还是喝酒吧
赵明诚意思小酌几杯就好
李清照不高兴，说，这是淡酒，三杯两盏
怎能敌晚来风急
反正今夜雨疏风骤
不如任由它暗香盈袖

结果两人一夜浓睡
也未能消去残酒

赵明诚天天拽着几个朋友
漫山遍野地找石头
说是想写本《金石录》
朋友们不解
赵明诚开玩笑说
本来很艰难和生硬的日子
结果全让李清照给过柔软了
朋友问，怎么个柔软法

赵明诚说，天天慵整纤纤手
蹴个秋千，也能薄汗轻衣透
每当客来，袜划金钗溜，和着羞走
和羞走就和羞走吧
却又倚门回首
把着手里的青梅
装模作样地嗅
真拿她没办法

李清照南下时
自己带走了十五车精挑细拣的文物
把带不走的金石
锁进了青州的十多个房间
并嘱赵明诚的那些朋友们帮忙照看
结果战火一来
那些东西也就没了

青州的朋友们
时常关注着南方的消息
一会儿说赵明诚死了
一会儿说李清照改嫁了
一会儿又说李清照改嫁后又休了夫
而且自己也坐了牢
后来有人专门去南方打探过
回来说，那个地方的气候
多是梧桐兼着细雨
冷冷清清
但凡有一种相思
就能惹起两处闲愁
即便无雨，轻解罗裳时
也早已是月满西楼
现在整个人儿是帘卷西风
比黄花还瘦

曾经有朋友问赵明诚
家里有个女词人幸福不

这就跟问宋朝
有这么个女词人
你宋朝幸福不幸福一样
但有人说
李清照本身就是一座八咏楼
水通南国三千里
气压江城十四州

绛绡缕薄冰肌莹
雪腻酥香
也许赵明诚会永远记得
那洋溪河畔，那夏夜微风里
李清照那句调皮的暧昧话语
今夜纱厨枕簟凉
羞入梦乡

[倒流河]

北有泰山阻挡
东有鲁山驱赶
倒流的大汶河
水中同时晃动着
鲁国和齐国的倒影

子路子贡颜回公冶长
孔子带着他的这些弟子们
一次次从小石桥上经过
一个个衣衫褴褛
一个个心怀天下
把石桥上的石头磨得油光铮亮
有好几个小国
都在这座石桥上滑倒过

当年齐国送鲁国的八十名美女
也是从这座小石桥上经过的
美女们把河水当成镜子照

惹得满河的水一度驻足不愿流淌
孔子想挡住这伙人却挡不住
去劝季桓子却又劝不来
鲁国从此开始上演歌舞剧
后来,卫灵公夫人南子要召见孔子
弟子们都反对他们见面
孔子却执意前往
不但见了
还差点彻夜长谈
子路便拿他阻挡八十名美女说事
替季桓子抱不平
这时的孔子自然还未到耳顺的年龄
只道君子喻于义好不
子路问逾矩没
孔子曰不逾矩

孔子想的是
大同社会
大道畅行
然后大家都能过上小康生活
但现实总是满目疮痍
自己和弟子们也常常如丧家之犬
所以也有种说法是
大汶河是孔子让倒流的
因为他不喜欢礼崩乐坏的春秋
他想让时光随着河水一起倒流
一直流到尧舜禹时代
最好流到上古
只要听听韶乐
哪怕三月不闻肉味也无妨

和 解

宋耀珍

从半开的门望进去
我看见父亲和父亲重叠在床上
从大开的门望进去
我看见父亲双手捧着他的病肺
在低头落泪

我还见到过父亲随匆匆的人流
向冥地走去。昏黄的天色下
我正朝着相反的方向行走

我和父亲的和解
是在春天的一棵柳树下
他一言不发地坐在一块石头上
晒太阳。那天,我彻底忘记
他已经死去多年
我走上去,叫了一声:"父亲。"
他转过头来,像望着一个陌生人

我没想到,那么多的父亲
在他的身后,一棵树下坐着一个
那么多,无边无际
他们全部都阴沉着脸
我没想到,死亡带走了那么多的父亲
如果他们从石头上站起来
如果他们叫嚷着要回来

我常在噩梦中回到故乡
我一再地遇见父亲
他像有话必须对我说
但死亡已经夺去了他的声带、舌头
和嘴唇。

距 离

陈 朴

距离不能产生美的时候
人间才有紧紧的拥抱。
一棵树上的两根枝条
也有距离,它们的距离
比一只麻雀到枝条的距离更远。
我爱你这么多年
始终抵达不了你的灵魂
我原以为是出门雪太厚
走路容易摔倒
这个夏天的热
瞬间融化了一支冰激凌
我才知道原来
我们之间隔着一台风扇到一台空调的距离。

云朵在游戏(组诗)

马知遥

[妈妈在天上]

在意大利
一位母亲因新冠病毒
去世

十几岁的哥哥
对弟弟说 妈妈去天上了

令人心碎的一幕是
五岁的弟弟
抬头望天 双手合在嘴边大叫
妈妈 妈妈
他甚至不明白
哥哥为什么突然哭泣

[玻璃房子]

我有一个玻璃的房子
可以在夜里
冥想

安静地看到
那些神秘的星星
从这边游走到那边
甚至在凝视你

[黄 昏]

北方的夏日已经来到
暴躁的 干旱的 急雨的
匆忙的夏季
咆哮着来了

在暴雨来临前
热风做了向导

树木弯下腰去
像是在鞠躬
迎接或者哀伤

[花 开]

满街的蔷薇都开了

你的还没开
满街的月季都开了
你的还没开

你的温度比他们差了几度
下个月　百花凋零时
它会独自怒放
弥补凋零时的空缺

[写 作]

我的书房在地下
有很好的采光
光线有时暗淡
有时强烈
那是天空中的云朵在游戏

我把宁静称作孤独
把写作作为使命
从未改变

偏 锋（组诗）

孙梓文

[草 地]

宁静的草地倾斜如一对翅膀
它身上的花朵是色彩斑斓的装饰
飞来的一只蝴蝶
似乎可以匹配这孤绝的美
但接着飞来的另一只

把草地，又还给了草地
是什么传递着
飞翔对停歇的迷恋
风，无声地穿过了它们中间

[年轮赋]

线条隐于生命深处。不规则的圆弧
是时间的变形，有着弯曲的思考
箭矢的张力。不断扩张的直径
是沧桑的容颜，也是抵御霜雪的标尺
一棵树原地不动，也有
不动声色的轨迹在内心转动
盖过风声，云唉，鸟鸣，雨露的马匹
一棵树的年轮，约等于一条河
泛起涟漪，约等于一个人无形的声名
往大了说，它就是整个宇宙
白天给我们一颗太阳
夜里又给我们一轮月亮

[日 历]

当我数到三十七，三十八
都没有停止的意思
时间混沌，像我
刚从梦里醒来
依然骑着一匹白马，不肯下来

[风]

风吹浮世，有微微的晃动
只有连绵的群山
不为所动
将人不断搬到山里，从此长住
配合这人间，书页也有

轻轻地翻动
但它上面覆盖的文字
稳如泰山
好像，风是他失散多年的孩子
此刻，正被他
紧紧地，抱在怀里

[偏锋]

一块石头，做了老家屋基
一垄栽下的树
竟然成了一片山林
都是剑走偏锋
当然也有失手的时候
比如：一朵白云，飘到跟前
反而成了雨
一株玫瑰，从没起降过两只蝴蝶
水一生都在朝海里走
有时也拐弯
在一片芦苇荡里安个家
我穷其一生
从一个山里娃，到一个书生
始终都跟文字过不去
一生的锋芒，无处安身

敖鲁古雅人

乔 欣

当季节悄悄地把兴安岭
纵深的积雪开始融化
又那么多色彩

在阳光中传递着灿烂的语言
月帆升起的时候是急匆匆的
云影或是鸟的翅羽
是春天的风让天空寂寞千年的
纯蓝色期待
当敖鲁古雅人延用皮子做的
楤罗子，也被朝霞渲染
那里边，我的亲人们一定温情无限
在通往驯鹿点的路上
有那么多天籁之音，让七弦
也浪漫
——那里是大小动物、虫鸣
鸟儿歌唱的乐园
只有他们戴着用狍子皮制作
的棕色帽子，那七彩皮绳
做成的红腰带，看上去威武
鲜亮的红太阳，热热的心境，是血
漫长的冬天，沉沉的夜色，是胆
那山下送来的野菜团子
是接天地之气化开的雪水做成的
一生不漂泊天涯，只愿与鹿群为伴

向往明天
为的是，盼着岭上的一切状态
泥土、松林、野菜和雪块……
与这古老的民族传承下去
沉默，不多言语是敖鲁古雅人的倔强
　和不屈
不沉默时是他们祖祖辈辈守候家园
那恒定不变的热热心田

牡丹之夏（外一首）

曹小航

从旧诗词里，我听见它的叫喊
在洛阳名动一时。花开百里
窸窣的长裙起舞

偶见一抹黄。邻家花盆里的绝色
照白一角，被呵护着
仿佛皇家园林的恩宠

不疑它的盛名。灌木的花蕊
已经落户。一路水袖
却载不住，浩荡而妖娆的江南

[入冬的女人]

为他煎了一盘带鱼，猫咪
在窗前的槐树上坐着
太阳远一点再远一点

烧了水后心神不定，记得
透风的墙角没有三枝梅花

总要有什么点缀
比如几缕枯发上有一只梨花夹
中年的瘦手环握住若即若离的圆滑

一种焦虑
是酉时点做申时
热水煮得沸沸扬扬

鱼腥了一屋
立冬抑郁一个错误，你说
南方不吃饺子

蒙古高原的天空（外一首）

吴颖丽

在这短短的旅程，
我时常梦见蒙古高原的天空。
那矮矮的天际像是亲切的穹顶，
轻笼着大地上所有生灵的梦。

天空下的白杨树叶轻盈，
守护着乡村小路的寂静。

而那路边零星的小屋，
最能把心弦上的温热触动。

仿佛让我看到旧时的亲人，
看到他们正从院落里走出，
脸上挂满拥我回家的笑容。

[明亮的生活]

我热爱远行，
热爱车窗外的风景。
平野和田埂是这一程，
山川和牧歌是那一程。
天那么高，
地那么阔，
仿佛穿过明亮的生活。

而在某个无名的小站，
当列车停靠在黄昏的村落
你的样子会忽然在心头闪过，
伴着一扇小窗，

和它透出的灯火。

也许，
我爱的不是远行，
也不是风景，
而是曾经的你我，
和曾经明亮的生活。

相片替我醒着(外一首)

虚杜

相片里的年轻人
仿佛不是我
是我一个浅表的梦

其实，现在的我
也不是我
我在沉睡中并没醒来

是那些相片替我醒着
替我走过青年、中年
我只是偶尔梦见他们的瞬间

有一天我也会亲自醒来
看见那些瞬间
拥在一起点亮一场告别

[个人简史]

说过的话，余音已被拽走
走过的路，已覆满其他的脚印
吹过自己的风，早已吹向别处

写过的文字，也已被修改得面目全非
那些未完成的诗，静静地站在某个角落
像老屋后坡上的几棵桑，长满乱枝
更像，我孤独难看的一些旧影子
那些没说出口的心事也还在
只是，每想一次就卑微一次
就落叶纷飞一次
唯有望过的天空，依然浩阔、高远
俯看着我，充满深深的怜悯

世界的四月

——献给我的父亲

柏坚

树叶从高处飘落下来
每片落叶都有不同的结局
你骑着蟋蟀来，驾着南瓜
用碧绿的荷叶当翅膀
月光下轻轻的摇篮近旁
就是直逼死亡的墓床
脚下，只有寒夜草丛中
萤火虫的亮光
头顶上有高悬的星辰
树林遮住的天空
树顶有一层柔和的光

看到光就想起你，往海边扔粒石子
于是有了沙滩
对夜空许个心愿
于是有了无数的星星
沉默中的你
也会显得雍容

我们不触痛往事和回忆
你像一面湖泊
在蔚蓝的沉静中
映照天空的宽广与深度

在漫漫长夜里
我等待黎明和相逢
我们一定要温柔地
对心爱的人谈起爱
我们一定要坚强地
向勇敢者说到勇敢

每一片月光都可名满天下（组诗）

赵剑锋

[习惯]

父亲有个习惯
他磨完刀
顺手就朝站在磨刀石旁边的松树砍一刀
试试刚刚磨出的刀锋
松树越长越高
刀口也一排排长高
像起飞的燕子

我想到了凌迟
也想到了二狗子失恋后手腕上的伤口
明伤和暗伤交替出现在皮肤的表面
刀才是他们的故交

父亲老了，故交越来越少
只有陪磨刀石长大的松树心领神会
等父亲需要试刀的时候
它就赶紧把头伸过来

[红苕是一块糖的替身]

父亲把红苕从地里拖出来
斩首示众，再把多余的根须剃掉
腾出老茧纵横的双手
把红苕的腰身濯洗干净
剁细，文火，熬制
直到糖流出来
浓稠得化不开
团结的糖分凝成块
父亲把糖块分给我们兄妹三个
自己留一小块，含在口中
慢慢咀嚼
稀释那些不可言说的苦

[每一片月光都可名满天下]

今夜，万吨月光从天上掉下来
砸在地上，屯成一杯上头的酒
被砸中的人
匍匐在地
数别离

剩余的月光，站在山巅
一声声喊我的名字
有时声如洪钟，有时气若游丝
我没有力气回答
将这些回音装在三尺宽的胸膛中
每当无法安放灵魂的时候
就捶捶胸
每捶一下

就冒出来一个失魂落魄的关键词

坐在案前，假寐
梦里默念寂寞的广寒宫
动手修剪凋敝的桂花树

半夜醒来，推开窗
只有月光还在铺一张洁白的床
夜风，还在来回地打扫院坝

[慢慢长大的路]

回家的路
已长满衰草
那是路在发福

走出村子的人
越来越多
给道路理发的人
越来越少

路一旦缺乏锻炼
再细长的腰身
都会变得虚胖

荒草淹过路的头顶
黄土埋进我的半身

站在岸边
小河是流水舍生忘死走出来的路
站在山巅
草木是春风慷慨就义走出来的路
站在屋旁
炊烟是爹娘拼了老命走出来的路
我这百般柔肠
是肝肠寸断走出来的路

大地之上（外一首）

赵马斌

天蓝。水白
花红。草香

我的母亲，身材矮小，衣衫朴素
像一只年老的母羊
弓身背着竹背篓
在田埂上来回移动时
一望无际的麦地，溢出令人眩晕的光

我热爱那光
被那光照耀，并哺育

[霜降之前]

树木把枝头的光阴，剥落了一大片
我不断重复自己，在茫茫人海中
穿行于两点一线之间

日子从未改头换面过。寄居他人檐下，
　我仍旧心怀温暖
只要有缝隙，风能吹进来，光
就可以照进来

窗户，一直没有关

水 刀（三首）

赵泽波

[水 刀]

把高压水枪出水口
调成扇形
水，就成了一把刀子
水到之处
所向披靡

柔软之物如水
给它足够的力量和速度
瞬间就走向反面：
坚硬而锋利
这和我们给予如铁坚硬之物
足够的能量和温度
瞬间就变成柔软铁流
是一个道理

人世沧桑
每个人身体里
都藏有一把水刀和
一股铁流

[每天都在告别]

昨天
已对今天告别
上一秒
刚刚告别这一刻

一朵花落下来
是对叶和茎的告别

我的一颗泪
打湿你远去的背影

今天成为昨天
明天又成为今天
每天似乎都在迎接
而迎来之后
就开始了一刻不停地
——告别

人生苦短
来与去，聚与离
唯有告别不可辜负
唯愿每一次回眸
都还保持着最初的
温度

[谜]

一个人最大的谜
是命运
直到死亡的那一刻
才有可能揭开
谜底

但总有那么一些人
死亡
才是他这一生
最大的谜

夜晚的巴赫（组诗）
——选自诗集《米寿》

[日] 谷川俊太郎 （田原 / 译）

[河的音乐]

我站在桥上
回头一看，一条河不知从哪里流来
向前看，河流向我不知道的村落
河隐藏着行板音乐

几十年前，我戴着草帽
从桥上眺望脚下的河水流过
那时候知道河水从源头流向大海
但现在这些知识已经无所谓了

听着河流隐匿下无法听见的音乐
我想，从出生前到死后的我
会一边忘却自己，一边凝视现在的我
在夕光中闪闪发亮
河会永无休止、无边无际地流淌
载着我像竹叶小舟一样的思绪

[…我只是想小声说话…]

诗总会变成铅字
去大城市旅行吧
然后温柔地摇动
一个孩子的心

核反应堆今天仍无表情
蝉在周围的防风林蜕皮
读完扔掉的日报随风起舞
陌生男人向着女人默默一礼

进入人类耳目的事物
多如星星
与耳目无缘的事物
只有一个

…这个我真的是我吗…

无视多数
只想凝视一个
但焦点对不准
意义不喜欢那片模糊吧
一个陌生人给了我一束花
卡片上只有花名
我对陌生人感到不安
却对花感到安心
梦见猫在走廊走动
心情好像我已经死去
虽没有条理,但并没有不安
一觉醒来,外面下起小雨

…我不在那里,我在这里…

机器不停运转
在皮肤下
或者在大气层外
以不同的耐用年限
无事可做的自由
体验自由的倦怠
那样的日子即使没有花朵,草木也妩媚
有很大的声音
听不见却听得懂的声音
只能用沉默来回答大声,男人咳嗽起来

…那个女人是谁、这个男人是谁…

海豹在思考
少年这么想
蔚蓝的天空下
地球和平

从水龙头滴落的水
被污染了吧
向着神话之泉
少女开始奔跑

单是右手的小拇指
就充满谜团
对这个世界感到困惑
星云太多了

…谁都不是、大家都是我·未来的骷髅…

三年前就是开始
昨天也是开始
现在也是开始
终结在人之外

想取个名字
给莫名其妙的彼此
轮廓虽然模糊

内核应该每天都在更新

自己给自己标价
再把标签扔进草丛里的快感
条形码一脸若无其事，孕育着惊人的经济

…我想说，你看。我…

事实永远可以回归
但不能确定是否是现实
令人怀念的那首歌的记忆
蒙上了一层薄薄的灰尘

在箱子里、在纸袋里、在这里
虽然有什么东西不见了
可我却想不起来那是什么
也许是对自己的辱骂

邻居家的黑猫优雅地穿过院子
满天星绽放的早晨
劳而无功的可悲的问号
飞过来吧，感叹号！

…语言的水龙头就那么开着…

任何语言
第一人称都忽隐忽现
徒步翻越县境的群山就是大海
在那里被划出看不见的国境

数码的恩惠今天也覆盖地球
米寿的男人在沐浴
真心话在梦幻的原始森林回荡
每个人都带有跟神类似的基因

我想我也许是想逃离

逃离一个未经允许的无名的语言世界
逃离只是在那里
却不能只是在那里的一切

我这个模拟式仪表的指针在摆动
如果把语言的自己揉成一团
与看不见的能量融为一体
我仰望天空，变成一个大字

…对得起神之名的只有自然…

影像总会从村庄的战火
变成脱离大气层的宇宙飞船
被母亲抱着的幼儿
正盯着看这无声的画面
水从水龙头滴落

[夜晚的巴赫]

在枯萎的意义大道上
一群幼儿摇摇晃晃地走过
被扯开的安全网绊住
一个老头像麻雀一样挣扎着

大量的法案葬送在议会中
厨房里煮着一如既往的豆子
化作垃圾的历史被深埋地下
网络使无数的语言流产

推迟结束，故事开始
已经说过的，已经写过的
被镶嵌着令人期待的沉默

未来的真相会模仿现在的事实吗
没有人会听到夜晚的巴赫
它贴近耳朵，用大键琴喃喃自语

[告别语言]

广阔的蓝天中
现出一片白云
风吹过不久
婴儿看着它很快消失
老人的我也看着这个
跟婴儿不同，我用语言来观察它
那个情景从我的内部跳向外部
时间已经在我的心中静止了
所写的情景就像一幅水彩画
在意识的画框里我抱着婴儿，散步回来
日常生活理所应当地恢复
不久，夕阳落在屋后
诗与语言分离，消失在黑暗中

子美逸风
Traditional Poetry

Cao Tang

李志斌诗选

◎ 李志斌

[辛丑春雪]

桑河夜宿万千鸥,底事翻飞满朔州。
皓羽翩翩铺大锦,甘霖汨汨润新畴。
孤舟蓑笠诗无怨,绿蚁泥炉酒莫愁。
起望江山弥漫处,奋忠仗钺竟风流。

[冬日闲吟]

题说闲吟实不闲,心闲何至鬓毛斑。
帖摹百遍神难取,诗写三行字又删。
似岳高情皆北向,如虹大梦自东弯。
少年义气今犹在,踏雪登临夏屋山。

[伤离别]

试问世间悲喜事,相逢相别与相思。
情临深处离仇近,梦到酣时化醒迟。
沧海曾经生死以,青鸾究竟有无之。
可怜孤寂难眠夜,风起波糜月影移。

[冬日思雪]

连日浓阴昼失辉,北风无力每相违。
烟萦树杪冰初挂,雾绕檐铃鸟不飞。
看海惟欣云渺渺,登山更喜雪霏霏。
花开六出呈高洁,微此君兮谁与归?

[桑干遇雪]

仙乡许是梦中缘,秀曼灵川忽眼前。
且付功名寒水里,但留清白野荒边。
豪情每自高孤地,绝色元因冷艳天。
非谓心忱非谓苦,蓑衣藜杖任翩跹。

奉元寺观荷

◎王彤伟

[晨经奉元寺见寺僧所养荷花静开即咏]

大小荷盘叶遮叶，红莲花对白莲花。
梵音寂寂僧寮闭，唯任天香透绿纱。

[晨经奉元寺见荷有感]

菡萏清娇香暗来，弃离烟火绝尘埃。
不须戏蝶游蜂绕，只愿今生静静开。

[夏日午后观荷]

天涯路远客思赊，细柳无风自带斜。
欲看蜻蜓点新蕾，却听蝉噪谢荷花。

[秋日过奉元寺见残荷有感]

清风尚忆带幽香，剩把枯黄承露霜。
正是今秋凝冻早，藕花来岁满池塘。

[题奉元寺荷花]

我本无心君自来，莫言明镜与尘埃。
泥生终亦泥中去，何不趁时娇艳开。

黄志平诗选

◎ 黄志平

[庚子年冬日赏菊]

花放怡然沐暖阳,抱枝吸露傲晨霜。
隆冬仍是冰姿展,不让寒梅独自芳。

[山 宿]

窗外溪流绕耳边,空山寂寂夜难眠。
何时高枕云中卧,静待花开月更圆。

[天香园]

鹭鸟欢愉落凤亭,瑶林琼圃折芳馨。
豫章丽日开清景,霞外天香倚翠屏。

[题油画《金色梯田》]

花海连天是处黄,蜂飞蝶舞逐春光。
翠林掩墅云丘卧,一束芸台赠梓桑。

[玉 兰]

霖雨洗心尘,云裳粉黛新。
花开香彻骨,垂叶以怀春。